梅花酒

潘維詩選

潘維

著

朝向漢語的邊陲

楊小濱

　　中國當代詩的發展可以看作是朝向漢語每一處邊界的勇猛推進，而它的起源也可以追溯出頗為複雜的線索。1960年代中後期張鶴慈（北京，1943-）和陳建華（上海，1948-）等人的詩作已經在相當程度上改變了主流詩歌的修辭樣式。如果說張鶴慈還帶有浪漫主義的餘韻，陳建華的詩受到波德萊爾的啟發，可以說是當代詩中最早出現的現代主義作品，但這些作品的閱讀範圍當時只在極小的朋友圈子內，直到1990年代才廣為流傳。1970年代初的北京，出現了更具衝擊力的當代詩寫作：根子（1951-）以極端的現代主義姿態面對一個幻滅而絕望的世界，而多多（1951-）詩中對時代的觀察和體驗也遠遠超越了同時代詩人的視野，成為中國當代詩史上的靈魂人物。

　　對我來說，當代詩的概念，大致可以理解為對朦朧詩的銜接。朦朧詩的出現，從某種意義上可以看作官方以招安的形式收編民間詩人的一次努力。根子、多多和芒克（1951-）的寫作從來就沒有被認可為朦朧詩的經典，既然連出現在《詩刊》的可能都沒有，也就甚至未曾享受遭到批判的待遇，直到1980年代中後期才漸漸浮出地表。我們完全可以說，多多等人的文化詩學意義，是屬於後朦朧時代的。才華出眾的朦朧詩人顧城在1989年六四事件後寫出了偏離朦朧詩美學的《鬼進城》等

傑作，卻不久以殺妻自盡的方式寫下了慘痛的人生詩篇。除了揮霍詩才的芒克之外，嚴力（1954-）自始至終就顯示出與朦朧詩主潮相異的機智旨趣和宇宙視野；而同為朦朧詩人的楊煉（1955-），在1980年代中期即創作了《諾日朗》這樣的經典作品，以各種組詩、長詩重新跨入傳統文化，由於從朦朧詩中率先奮勇突圍，日漸成為朦朧詩群體中成就最為卓著的詩人。同樣成功突圍的是遊移在朦朧詩邊緣的王小妮（1955-），她從1980年代後期開始以尖銳直白的詩句來書寫個人對世界的奇妙感知，成為當代女性詩人中最突出的代表。如果說在1970年代末到1980年代初，朦朧詩仍然帶有強烈的烏托邦理念與相當程度的宏大抒情風格，從1980年代中後期開始，朦朧詩人們的寫作發生了巨大的轉化。

這個轉化當然也體現在後朦朧詩人身上。翟永明（1955-）被公認為後朦朧時代湧現的最優秀的女詩人，早期作品受到自白派影響，挖掘女性意識中的黑暗真實，爾後也融入了古典傳統等多方面的因素，形成了開闊、成熟的寫作風格。在1980年代中，翟永明與鍾鳴（1953-）、柏樺（1956-）、歐陽江河（1956-）、張棗（1962-2010）被稱為「四川五君」，個個都是後朦朧時代的寫作高手。柏樺早期的詩既帶有近乎神經質的青春敏感，又不乏古典的鮮明意象，極大地開闊了漢語詩的表現力。在拓展古典詩學趣味上，張棗最初是柏樺的同行者，爾後日漸走向更極端的探索，為漢語實踐了非凡的可能性。在「四川五君」中，鍾鳴深具哲人的氣度，用史詩和寓言有力地書寫了當代歷史與現實。歐陽江河的寫作從一開始就將感性與

理性出色地結合在一起，將現實歷史的關懷與悖論式的超驗視野結合在一起，抵達了恢宏與思辨的驚險高度。

後朦朧詩時代起源於1980年代中期，一群自我命名為「第三代」的詩人在四川崛起，標誌著中國當代詩進入了一個新階段。1980年代最有影響的詩歌流派，產自四川的佔了絕大多數。除了「四川五君」以外，四川還為1980年代中國詩壇貢獻了「非非」、「莽漢」、「整體主義」等詩歌群體（流派和詩刊）。如周倫佑（1952-）、楊黎（1962-）、何小竹（1963-）、吉木狼格（1963-）等在非非主義的「反文化」旗幟下各自發展了極具個性的詩風，將詩歌寫作推向更為廣闊的文化批判領域。其中楊黎日後又倡導觀念大於文字的「廢話詩」，成為當代中國先鋒詩壇的異數。而周倫佑從1980年代的解構式寫作到1990年代後的批判性紅色寫作，始終是先鋒詩歌的領頭羊，也幾乎是中國詩壇裡後現代主義的唯一倡導者。莽漢的萬夏（1962-）、胡冬（1962-）、李亞偉（1963-）、馬松（1963-）等無一不是天賦卓絕的詩歌天才，從寫作語言的意義上給當代中國詩壇提供了至為燦爛的景觀。其中萬夏與馬松醉心於詩意的生活，作品惜墨如金但以一當百；李亞偉則曾被譽為當代李白，文字瀟灑如行雲流水，在古往今來的遐想中妙筆生花，充滿了後現代的喜劇精神；胡冬1980年代末旅居國外後詩風更為逼仄險峻，為漢語詩的表達開拓出難以企及的遙遠疆域。以石光華（1958-）為首的整體主義還貢獻了才華橫溢的宋煒（1964-）及其胞兄宋渠（1963-），將古風與現代主義風尚奇妙地糅合在一起。

　　毫不誇張地說，川籍（包括重慶）詩人在1980年代以來的中國詩壇佔據了半壁江山。在流派之外，優秀而獨立的詩人也從來沒有停止過開拓性的寫作。1980年代中後期，廖亦武（1958-）那些囈語加咆哮的長詩是美國垮掉派在中國的政治化變種，意在書寫國族歷史的寓言。蕭開愚（1960-）從1980年代中期起就開始創立自己沉鬱而又突兀的特異風格，以罕見的奇詭與艱澀來切入社會現實，始終走在中國當代詩的最前列。顯然，蕭開愚入選為2007年《南都週刊》評選的「新詩90年十大詩人」中唯一健在的後朦朧詩人，並不是偶然的。孫文波（1956-）則是1980年代開始寫作而在1990年代成果斐然的詩人，也是1990年代中期開始普遍的敘事化潮流中最為突出的詩人之一，將社會關懷融入到一種高度個人化的觀察與書寫中。還有1990年代的唐丹鴻，代表了女性詩人內心奇異的機器、武器及疼痛的肉體；而啞石（1966-）是1990年代末以來崛起的四川詩人，以重新組合的傳統修辭給當代漢語詩帶來了跌宕起伏的特有聲音。

　　1980年代的上海，出現了集結在詩刊《海上》、《大陸》下發表作品的「海上詩群」，包括以孟浪（1961-）、默默（1964-）、劉漫流（1962-）、郁郁（1961-）、京不特（1965-）等為主要骨幹的較具反叛色彩的群體，和以陳東東（1961-）、王寅（1962-）、陸憶敏（1962-）等為代表的較具純詩風格的群體，從不同的方向為當代漢語詩提供了精萃的文本。幾乎同時創立的「撒嬌派」，主要成員有京不特、默默（撒嬌筆名為銹容）、孟浪（撒嬌筆名為軟髮）等，致力於透

過反諷和遊戲來消解主流話語的語言實驗。無論從政治還是美學的意義上來看，孟浪的詩始終衝鋒在詩歌先鋒的最前沿，他發明了一種荒誕主義的戰鬥語調，有力地揭示了歷史喜劇的激情與狂想，在政治美學的方向上具有典範性意義。而陳東東的詩在1980年代深受超現實主義影響，到了1990年代之後則更開闊地納入了對歷史與社會的寓言式觀察，將耽美的幻想與險峻的現實嵌合在一起，鋪陳出一種新的夢境詩學。1980年代的上海還貢獻了以宋琳（1959-）等人為代表的城市詩，而宋琳在1990年代出國後更深入了內心的奇妙圖景，也始終保持著超拔的精神向度。1990年代後上海崛起的詩人中最引人注目的是復旦大學畢業後定居上海的韓博（1971-，原籍黑龍江），他近年來的詩歌寫作奇妙地嫁接了古漢語的突兀與（後）現代漢語的自由，對漢語的表現力作了令人震驚的開拓。還有行事低調但詩藝精到的女詩人丁麗英（1966-），在枯澀與奇崛之間書寫了幻覺般的日常生活。

與上海鄰近的江南（特別是蘇杭）地區也出產了諸多才子型的詩人，如1980年代就開始活躍的蘇州詩人車前子（1963-）和1990年代之後形成獨特聲音的杭州詩人潘維（1964-）。車前子從早期的清麗風格轉化為最無畏和超前的語言實驗，而潘維則以現代主義的語言方式奇妙地改換了江南式婉約，其獨特的風格在以豪放為主要特質的中國當代詩壇幾乎是獨放異彩。而以明朗清新見長的蔡天新（1963-）雖身居杭州但足跡遍布五洲四海，詩意也帶有明顯的地中海風格。影響甚廣的于堅（1954-）、韓東（1961-）和呂德安（1960-）曾都屬於1980年

代以南京為中心的他們文學社，以各自的方式有力地推動了口
語化與（反）抒情性的發展。

　　朦朧詩的最初源頭，中國最早的文學民刊《今天》雜誌，
1970年代末在北京創刊，1980年代初被禁。「今天派」的主將
們，幾乎都是土生土長的北京詩人。而1980年代中期以降，出
自北京大學的詩人佔據了北京詩壇的主要地位。其中，1989年
臥軌自盡的海子（1964-1989）可能是最為人所知的，海子的
短詩尖銳、過敏，與其宏大抒情的長詩形成了鮮明對比。海子
的北大同學和密友西川（1963-）則在1990年後日漸擺脫了早
期的優美歌唱，躍入一種大規模反抒情的演說風格，帶來了某
種大氣象。臧棣（1964-）從1990年代開始一直到新世紀不僅
是北大詩歌的靈魂人物，也是中國當代詩極具創造力的頂尖詩
人，推動了中國當代詩在第三代詩之後產生質的飛躍。臧棣的
詩為漢語貢獻了至為精妙的陳述語式，以貌似知性的聲音扎進
了感性的肺腑。出自北大的重要詩人還包括清平（1964-）、
周瓚（1968-）、姜濤（1970-）、席亞兵（1971-）、胡續冬
（1974-）、陳均（1974-）、王敖（1976-）等。其中姜濤的詩
示範了表面的「學院派」風格能夠抵達的反諷的精微，而胡續
冬的詩則富於更顯見的誇張、調笑或情色意味，二人都將1990
年代以來的敘事因素推向了另一個高度。胡續冬來自重慶（自
然染上了川籍的特色），時有將喜劇化的方言土語（以及時興
的網路語言或亞文化語言）混入詩歌語彙。也是來自重慶的詩
人蔣浩（1971-）在詩中召喚出語言的化境，將現實經驗與超
現實圖景溶於一爐，標誌著當代詩所攀援的新的巔峰。同樣

現居北京，來自內蒙古的秦曉宇（1974-），也是本世紀以來湧現的優秀詩人，詩作具有一種鑽石般精妙與凝練的罕見品質。原籍天津的馬驊（1972-2004）和原籍四川的馬雁（1979-2010），兩位幾乎在同齡時英年早逝的天才，恰好曾是北大在線新青年論壇的同事和好友。馬驊的晚期詩作抵達了世俗生活的純淨悠遠，在可知與不可知之間獲得了逍遙；而馬雁始終捕捉著個體對於世界的敏銳感知，並把這種感知轉化為表面上疏淡的述說。

當今活躍的「60後」和「70後」詩人還包括現居北京的藍藍（1967-）、殷龍龍（1962-）、王艾（1971-）、樹才（1965-）、成嬰（1971-）、侯馬（1967-）、周瑟瑟（1968-）、安琪（1969-）、呂約（1972-）、朵漁（1973-）、尹麗川（1973-），河南的森子（1962-）、魔頭貝貝（1973-），黑龍江的桑克（1967-），山東的孫磊（1971-）宇向（1970-）夫婦和軒轅軾軻（1971-），安徽的余怒（1966-）和陳先發（1967-），江蘇的黃梵（1963-），海南的李少君（1967-），現居美國的明迪（1963-）等。森子的詩以極為寬闊的想像跨度來觀察和創造與眾不同的現實圖景，而桑克則將世界的每一個瞬間化為自我的冷峻冥想。同為抒情詩人，女詩人藍藍通過愛與疼痛之間的撕扯來體驗精神超越，王艾則一次又一次排練了戲劇的幻景，並奔波於表演與旁觀之間，而樹才的詩從法國詩歌傳統中找到一種抒情化的抽象意味。較為獨特的是軒轅軾軻，常常通過排比的氣勢與錯位的慣性展開一種喜劇化、狂歡化的解構式語言。而這個名單似乎還可以無限延長下去。

　　1989年的歷史事件曾給中國詩壇帶來相當程度的衝擊。在此後的一段時期內，一大批詩人（主要是四川詩人，也有上海等地的詩人）由於政治原因而入獄或遭到各種方式的囚禁，還有一大批詩人流亡或旅居國外。1990年代的詩歌不再以青春的反叛激情為表徵，抒情性中大量融入了敘述感，邁入了更加成熟的「中年寫作」。從1980年代湧現的蕭開愚、歐陽江河、陳東東、孫文波、西川等到1990年代崛起的臧棣、森子、桑克等可以視為這一時期的代表。1990年代以來，儘管也有某些「流派」問世，但「第三代詩」時期熱衷於拉幫結夥的激情已經消退。更多的詩人致力於個體的獨立寫作，儘管無法命名或標籤，卻成就斐然。1990年代末的「知識分子寫作」與「民間寫作」的論戰雖然聲勢浩大，卻因為糾纏於眾多虛假命題而未能激發出應有的文化衝擊力。2000年以來，儘管詩人們有不同的寫作趨向，但森嚴的陣營壁壘漸漸消失。即使是「知識分子寫作」的代表詩人，其實也在很大程度上以「民間寫作」所崇尚的日常口語作為詩意言說的起點。從今天來看，1960年代出生的「60後」詩人人數最為眾多，儼然佔據了當今中國詩壇的中堅地位，而1970年代出生的「70後」詩人，如上文提到的韓博、蔣浩等，在對於漢語可能性的拓展上，也為當代詩做出了不凡的探索和貢獻。近年來，越來越多的「80後詩人」在前人開闢的道路盡頭或途徑之外另闢蹊徑，也日漸成長為當代詩壇的重要力量。

　　中國當代詩人的寫作將漢語不斷推向極端和極致，以各異的嗓音發出了有關現實世界與經驗主體的精彩言說，讓我們

聽到了千姿萬態、錯落有致的精神獨唱。作為叢書，《中國當代詩典》力圖呈現最精萃的中國當代詩人及其作品。第一輯收入了15位最具代表性的中國當代詩人的作品，其中1950年代、1960年代和1970年代出生的詩人各佔五位。在選擇標準上，有各種具體的考慮：首先是盡量收入尚未在台灣出過詩集的詩人。當然，在這15位詩人中，也有極少數雖然出過詩集，但仍有一大批未出版的代表作可以期待產生相當影響的。在第一輯中忍痛割捨的一流詩人中，有些是因為在台灣出過詩集，已經在台灣有了一定影響力的詩人；也有些是因為寫作風格距離台灣的主流詩潮較遠，希望能在第一輯被普遍接受的基礎上日後再推出，將更加彰顯其力量。願《中國當代詩典》中傳來的特異聲音為台灣當代詩壇帶來新的快感或痛感。

目次

【總序】朝向漢語的邊陲／楊小濱　003

第一卷 ｜ 鼎甲橋鄉（1986-1987）

第一首詩　020

春天一日　021

鄉村即景　022

道路有一副孤寂的面孔　023

在遙遠的北方　024

風吹著　025

遠離人間，為麥種守靈　026

那無限的援軍從不抵達　027

春天不在　028

別把雨帶走　029

鼎甲橋鄉　030

懷念一九八六年　036

絲綢之府　038

燈芯絨褲子萬歲　040

看見生活　042

第二卷 ｜ 不設防的孤寂（1988-1993）

不設防的孤寂　046

紫禁城的黃昏　047

錫皮鼓　049

冬之祭　051

蝴蝶斑紋裡的黑夜　056

時光　058

一九九〇年的褻瀆　060

在那時　061

登記簿上的夜　063

一個無政府主義者日記　065

潘維悼念麥克迪爾米德　066

輪迴　067

冷漠　069

追隨蘭波直到陰鬱的天邊　070

說吧，悲哀　071

舌頭下的浪費　073

可以自殺了　074

多冷的光　076

紀念　077

蠟燭用盡了，沒有存貨　079

日記　081

雪　083

長夜　085

致艾米莉・狄金森　087

框裡的歲月　089

一年四季　091

荷馬紀元　095

第三卷 | 太湖龍鏡 （1994）

太湖龍鏡　098

第四卷 | 太湖，我的棺材 （1994-1996）

月亮　128

被沉重的空氣壓著　130

消失　132

傾斜的城鎮　133

通天的傍晚　135

最後的約會　136

遺言　138

運河　140

沉浸之日　142

我，擁有失眠的身份　144

入侵的黃昏　145

種植在曠野上的那片雨　147

雨水，將耳朵摘入心靈　149

天空的夢遺：雪葬　151

第五卷 | 隋朝石棺內的女孩（1999-2008）

一月的清晨　154

江南水鄉　155

日子　159

雉城　160

致郊外的一位女孩　162

給一位女孩　167

初春　168

莫名的紀念　169

鄉黨　170

她的簡歷　172

隋朝石棺內的女孩　174

白雲庵裡的小尼姑　177

秋祭　179

梅花酒　181

夢話從前　183

童養媳　185

香樟樹　187

小城之秋　189

吐峪溝村　190

風月無邊　195

蘇小小墓前　197

小男孩　201

進香　203

天賦　205

炎夏日曆　207

簫聲　211

梅花開了　215

ZXH畫像　217

短恨歌　220

飲食：致青海馬非書　221

同里時光　224

錦書之一：立春　226

錦書之二：冬至　229

錦書之三：除夕　232

第六卷｜雪事（2009-2012）

雪事　236

彩衣堂　238

今夜，我請你睡覺　240

沙雅之書　242

大雁塔　244

東海水晶　246

法華寺　248

棲隱溱湖　251

記憶：一　252

記憶：二　254

這些日子，我忙於虛度光陰　256

雪竇山　258

月圓之夜　261

三段錦　263

城市郊外　267

對一位朋友的翻譯　269

西湖　271

不朽之舟──跨湖橋遺址博物館獨木舟　275

天目山採蘑菇　277

開發區　278

秋浦歌　280

人到中年　282

離開　284

宿命　285

永興島　287

夜航：紀念梁健　289

柴達木盆地　291

生命的禮物　295

跋　297

鼎甲橋鄉（1986－1987）

第一首詩

在我居住的這個南方山鄉

雨水日子般落下來

我把它們捆好、紮緊、曬在麥場上

入冬之後就用它們來烤火

小鳥兒赤裸著燙傷的爪

哭著飛遠了

很深的山溝窩裡

斧頭整日整夜地嗥叫

農夫播種時的寂寞擊拍著藍色的湖岸

1986

春天一日

一百隻蝴蝶經過一個村莊
一百條道路在水裡流淌
這個早晨，這朵花
還有新嫁的女子
全是春風留下的一陣鳥叫

香氣走來走去
一頭撞上石牆
我午睡那棵曬裂的桃樹
霎時泛出青綠

到傍晚，紅玉米淌出血來，
太陽的牛耳朵陰慘慘停在半空
泥濘、離別和小麥
盛滿馬槽
我與悲傷共飲那雨水
這一夜，星光黯淡

1986

鄉村即景

郵車被一陣鐘聲擋住

被早晨的微光擋住

被房梁上的旗幟、桔香和幽靜擋住去路

河埠頭女人的話語

漸漸明亮，上升

這炊煙充滿秘密

多彩的街道，空氣新鮮

節日的水罐

托在鄉村的頭頂

孩子們腳步搖搖晃晃的

不時潑下一些快活，一陣陶醉，一片哭囔

我的耳朵啊

極度疲勞，極度疲勞

就像一對布穀鳥

無法落在糧食多的地方

1986

道路有一副孤寂的面孔

道路有一副孤寂的面孔

只要你貼近它

就會有一條冰涼的車轍吱吱碾過你的頭頂

就會有更深的痛苦

產下蟲卵

就會有人拋棄我們

或者是我們遠離了村莊，酒，愛情

就會有靈魂歷遍地獄

使自己變成泉源

變成透明

然後用剩下的唯一的手臂

去支撐滿天的星辰

或者將呼吸投向大地

一把抓住那淡藍的雨水

1986

在遙遠的北方

在遙遠的北方
悲痛殺害了麥子
小小的死亡一批一批的被薄冰運走
說著再見再見

和木炭一樣
光線的火鉗把我鑷到那個地方
那裡，季節暗藏在辣椒裡
三角形、圓錐體在草木鳥獸的肉裡生長

但隨著祭奠的狂歡來臨
雨雪覆蓋了幾公里之內的山路
村莊越擠越小
直至縮成我漂白的衣袖上
一粒黑色的鈕扣

走近一看
才發現是局外人留下的石磨

1987

風吹著

風吹著
風把我的棚屋吹得比遙遠還渺小
風喚醒了我體內的蠻牛

並用成百的少女引誘我
到那綠色的泥床上

如一匹長長的白布
有幾處地方已被歡樂弄髒
風穿著一雙竊竊私語的草鞋
風的耳朵是一串串暮色中的山楂果

貧窮的風
擦亮了叢林的情感
沒有犄角的風
和滿地的雨點、麥子一起舞蹈

手握一面嶄新的銅鏡
風無形而迷亂地消滅了我

1987

遠離人間，為麥種守靈

馬車轉一個彎
春天就出現在眼前了

晨光裡，鳥啄銜來雜草、穀粒和石塊
用唾沫建造迷惘的倉庫

一棵樹，一陣裸體的風
及清涼的塵土
用綠色將我點燃

我住在鋤頭的靈魂裡
忘卻了陰謀與工作
如遠處那片湖泊——
一個玻璃孩子
減輕了鄉村的痛楚

從我的每塊骨殖裡滲出的光亮
遠離人間
為麥種守靈

1987

那無限的援軍從不抵達

從生到死
那無限的援軍從不抵達

從孤寂到喧囂
沒有一片樹葉抬頭
光線的釘子釘入我們的器官
我家鄉的風光被縫織在茅屋與陰濕的凍土上

而透過絲綢輕柔的壓迫
那些乳房，少女們的乳房
正和根鬚一道喘息
用疲倦、雨聲、山谷哺育著一片醉酒的和諧

而我在秋天的懷裡哭泣
我鬆開火焰的韁繩，水的馬蹄
讓驕傲把人類的第三隻眼睛踩瞎

我保存了最後一滴貴族的血

1987

春天不在

春天不在，接待我的是一把水壺
傾注出整座小鎮。寂靜
柔軟地搭在椅背上。我聽見
女孩子一個個掉落，摔得粉碎

春天不在，樹木在消瘦
旅店的床單震顫出薄薄的愛情
雨，滴入內心。如一個走門竄戶的長舌婦
一下午，就消滅了幾屋子的耳朵

1987

別把雨帶走

別把雨帶走，別帶走我的雨

它是少女的血肉做成的梯子

爬上去，哦，就是我謙遜的南方

展開，向寧靜展開它的耕田

最肥沃的地方種植著我的心臟

還有憂傷，我的姐妹，哀歌一樣明亮

別把雨帶走，別帶走我的雨

特別當手術刀的寒光不斷閃現

健康還未像襯衫一樣每天來造訪我們

當春天，泥濘迅速地掠過村莊

縛住我的腳步：那些盲目的欲望

往事就會像餐具一樣塞滿我的碗櫥

總有一天，我會還清欠下的債

用雨，我點燃倒影，黎明的枝條

用雨，我點燃磚塊，讓它們開放成一座城市

然後再點燃導火線，焚燒喉嚨裡的悲痛

但是，千萬別觸動玫瑰

它們是雨的眼珠，是我的棺材

1987

鼎甲橋鄉

一

夜晚,是水;白天,也是水

除了水,我幾乎沒有別處的生活

如果一位國王路過我們這座無名山鄉

我不會向他貢獻膠靴和傘

我打算呈上我的女僕──一位村姑

她會插秧、育蠶,並且梳頭

並且,她話語柔婉,微波陣陣

能使法律的尖銳部分遠離人民

也許不幸,她因嫉妒、冒犯或陰謀

被貶入冷宮,長時間廝守、廝守

等待,等待,漸漸的空房裡築起了燕巢

梨花開了,涼風中傳來了一縷縷嫩綠的回音

二

狹小的生活,走幾步路就能完成

因而有足夠的時間讓荒草茂盛

時間,對神靈來說,並不重要

對他的臣民也理應如此

一把木椅已安然度過半個世紀

貓倦伏在上面,還有灰塵、光線

像蜥蜴一樣在空氣裡碎成粉粒

屋頂的靜穆向天空翹起

外鄉人會覺得除幾家縫紉店外

人們都為各自的事情所隔開

唯有一道舊籬笆上的喇叭花喧鬧熱烈

但似乎並不向那些耳朵吹奏

三

一條溪流凝視著學校上空的雲

鈴聲過後,孩子們像化肥一樣撒落在

田野各處,有時,淋成落湯雞

我的朋友,X・Y,鄉村女老師

站在黑板前,如深陷無望的愛情

無論如何,你只能將絲綢和相冊壓入箱底

以減弱自己的美來適應平凡

正如星座集體叛逃的那個夜晚,狗吠

撕咬防線,直抵乒乓作響的門窗

你的手顫抖得厲害,擦不著火柴

突然,一道閃電,照徹空蕩蕩的足球場

磚瓦廠的大煙囪巍然屹立於生命之上

四

幾乎，整個冬天，都沒有暴力事件發生

水缸的凍痕也顯得溫柔，縫隙

蚯蚓般延伸，似乎專門為陽光準備的

一頓午宴，緊隨掙錢人出門的

是電視天線，但它們的煩惱站得更高

鼯鼠仍不可救藥地在挖掘

真理的根；一株折斷的樹枝

流露出的神情，恰如可憐的電影院

如今，喝柴油的拖拉機才作一些

瘋狂的夢，越過土坡，葡萄種植場

竄進鐵絲網，年老的寡婦趨於平靜

但她須每天進衛生院檢查器官的故障

五

夜晚，是水；白天，也是水

我說這話的時候並不擁有生活

只有生命，座鐘的秒針般嘀嘀嗒嗒的

冒出氣泡，水未渾濁前，魚的背脊

能折射出一種迷人的紫光

如明媚的春光收斂之際洋溢著幻影的少女

在此，我沉思虛無與粗俗事物的枯樹下

也是被我稱作為鍍土歲月的那段路上

我，冒天下之大不韙，引誘了鄉間

最出色的美人兒，並以不給生還者以希望的方式

我取她為妻，狀元公若九泉有知

定會鬍鬚抖索個不已，為他後代的羞恥

六

期待的漫長，是因為聽不到敲門聲

村莊像一副犬嘴裡的髒牙，從未使用過

牙刷和牙膏，被咀嚼又吐出的房屋

缺肢少腿，雜亂的堆積在破曉前的冷光裡

瑟瑟作響的樹葉翻閱本地人家史

一天，一位老人轉身進入墳墓，便輕易

打敗了當年的炎熱，而無須求靠冰淇淋

鄉長；遺囑一文不值，這身肉坯

是唯一的繼承。鴨子們出現了

它們浮游於人類下沉的池塘

原先的傳聞中心：傻女人和她的

一窩小崽子，微妙地將專利轉給了暴發戶

七

颱風將太湖裡的帆趕出我的眼簾

鷗鳥，舌頭沉入語言般下沉

秋天，紫菀開花，這群潔淨的小精靈們

是另一個世紀一個愛開玩笑的人點燃的

它們寧靜的火焰，支撐著單調和孤獨

當國王經過，兩岸官員們的腦袋紛紛掉地

那流淌龍的血液的英俊者看到

麥子又黃了，倉庫背面的月亮小丑一樣

鼠眉賊眼，那個浣紗的女子因受注視

而光彩耀人，她認識到突如其來的

命運已經降臨，寄託在權力者身上

貧困才僅僅是一場容易忘卻的夢

八

年輕，當你有能力掙錢，那麼

就請將你前生欠下的風流債還清

當然，你還得學會撒網，直到灶火劈啪

一件美妙的事要在逐漸的補充中完成

才會像蘋果一樣熟透，正如我年近三十

才覺悟到自己不是外國人，而是一隻留鳥

作為安慰，我將自己比作福克納，試圖
築起金字塔，而候鳥們將許多小巢
留在異鄉的枝枒上，想到這
想到我從未到過天堂，我不禁憂傷
這兒，感冒、懶惰、藥劑師的襯衫
擴散著薄薄的藥料芳香，如蘆葦叢中的薄霧

1987

懷念一九八六年

一九八六年,我的疾病治癒了南方

那年,我找到了水與土,一把皮尺

那年,萬物的生命被一扇木門所遙控

被種植於農事的一呼一吸間

一直在飛的巢穴也棲息了下來

其實,它是從空間飛入了時間

一刹那,光線就煮沸了它鳥的血液

一九八六年,我的眼珠一次次作為貨幣

與女孩作交易,並且,毫不厭倦

書籍,枕在頭下,彷彿田埂的綠色

吱嘎作響的脾氣,有時刺骨,有時蠶繭吐絲

入冬的空氣壓得窗框冰一樣變形

有一把鐮刀,非常慘白,只收割鹽粒的反光

有一座穀倉,儲蓄著許多面鏡子

一九八六年,從一張漸漸蒙上灰布的臉上

我辨認出瓦片跟魚鱗的差異

我看到,拐杖綁架了鄉村的腦髓

黑暗,幾乎如一隊武裝,迅速紮下根鬚

揣著雨水和星辰,我咳出火焰

像一枚枯草遺棄的雞蛋

我最後的晚餐，淹沒在青蛙的氾濫裡

1987

絲綢之府

怦怦作響的子宮不時掉下一些刺
讓春天無法在大地上行走
因此，那赤裸、怕疼、缺血的少女來了
玻璃從她的肺裡湧出
美麗在破曉

冰冷的光，哦，一曲茴香哀歌
酸奶般擠出絲綢之府
新裁的內衣點燃裁縫的剪刀
街巷在鳥糞中肥沃

你認識木匠那頂動情的草帽嗎
它是由潮濕的麥秸編織
被一次次算術的煩惱染成灰黃

死者的骨灰在水面上漂浮
魚鱗的音量擰得很大
一直將叮噹的鑽機送入礦底
為什麼那些文件，比旗幟還燙手的鉛字
要搗成雪天的紙漿

漫山遍野的青年，轉瞬即融化，

一艘船駛出夢鄉，嚐到波羅的海的微浪

1987

燈芯絨褲子萬歲

年復一年，我穿著燈芯絨褲子
頭髮蓬亂，東忙西顛
夢見自己的靈魂仍是一顆未躍升的雙魚星座
夢醒時，我放下夢裡的剪刀
猶如一節神秘的車廂
被旅行點燃，停在顫抖中

哦，又一個枯萎的冬天即將來到
請趕快準備好過冬的糧食
幾本舊書，一筐木炭，和一個情人
但她必須在寒冷中裸露
沉入空蕩蕩的街道之底
交談，傾聽，發出呱呱叫聲

並且，在一場大雪中，穿上燈芯絨褲子
穿過火光沖天的人間，穿過
傾圮的城市：直到我的面前
一些死亡，一些疲憊，更多的燦爛
如一顆在森林中迷途的星
在玫瑰花上窺見了指南針

生命短暫，容易滿足

每個人的一生只能擁有一個裁縫

時常的，我感到自己的生命被別的生命推動

在我無法放棄的人當中，愛因斯坦

和新的但丁：約瑟夫・布羅斯基

一輩子都未曾脫下過藍色燈芯絨

1987

看見生活

我希望有一天我會醒來

看見黑暗在生長
看見憂傷在我的脈管裡散步

打開窗子，看見天空像一條床單
撤走木梯，看見逃亡的人群

環繞在我周圍的銅鏡
是語言、時間和迷惘的問題

如果我醒在早晨，我的仇恨就會閃亮
如果水面上是一朵花的幻影
我就把書籍翻到雨季這一頁

但我必須穿上革命這雙鞋
必須與我否定的一切對話
在繼續震顫的地球上
我必須從頭到腳
吮舐紫羅蘭的花香

然後醒來

然後睡去

並在這兩種犯罪之間

向生活澆下超現實的激情

1987

第一卷

不設防的孤寂

（1988–1993）

不設防的孤寂

這些日子時常耕作，不太荒涼
四周全是稻穀、蟲鳥和耗子
當外面的世界音訊消絕
風吹紅了辣椒
我也只剩下一個名字

一種不設防的孤寂
讓我越陷越深，每天
都只是一張發黃的黑白肖像
在陰暗處醒著，轉動驚訝的眼珠
溪流就從我的袖口伸出手去
握住一片陽光
再靜靜穿過蝴蝶相交的菜園
沒有也不可能有新的火種，新的皺紋
大批候鳥正向南遷移

在人類出生的房間裡
我打開抽屜，這時，流星掠過
一堆暗紅的煤渣
使夏日黃昏無比深遠

1988

紫禁城的黃昏

自從因貪食而受到責罵之後

黃昏又一次落到紫禁城

書案和琉璃瓦屋簷光潔的氣味令人吃驚

每逢燭光熄滅或眼簾跳動

皇帝就要上百遍地翻弄那些泛黃的曆書

隨著他輕輕一聲咳嗽

便冒出一大群大臣、管家，全體跪拜

不敢喘息，在這些噩夢成癖的日子裡

皇帝唯一的寬慰就是領略權力的奧秘

但他若是知道皇冠在戴上之前就已被命運廢黜

或者當他發怒，打碎貢酒，而突然

一種迷幻攫住了時間，使他原諒了一切

那麼，他至少會替後宮的奶娘梳理一次頭髮

然而皇帝的最後一道聖旨

還墨汁未乾，那個被閹割了生殖器的太監

就從旁門溜走了，彎腰摟抱著玉器

火光中的京城，一片乾燥

眾人皆聽見蟋蟀的鋸齒一圈一匝地

咬齧著迴廊的圓柱

那兒錦緞上的黃龍是用金線織成的

至今仍有一些女子在羨慕妃子們的香料

和她們在銅鏡前那種空洞的爭風吃醋

1988

錫皮鼓

遠方撇下了我，和往常一樣

我將信件投入郵筒

猶如陰影灑落舞臺上

一支從剛出土的樂器上飛離的曲子

或者對面建築物青苔的反光

都提醒我記起這座城市已囊空如洗

雖然情侶們仍在家門口接吻

在繪有蘋果樹圖案的床單上，男女交媾

而新的後代也從蜂蜜和學校之間懂得了

什麼叫養尊處優，只有我

一個悲劇的哈姆雷特

用一支瘋狂的筆，徹夜同滅亡的大軍交談

在這條被灰塵和碎玻璃捲起的街道上

一個小男孩在敲打錫皮鼓

與現實相觸的那瞬間

我的肌體崩裂，粉碎在人群中

純潔，但性感

我不過是一個巫師，練金術士，先知

目睹了看不見的一切

1988

冬之祭

一

鳥的叫聲繃緊了天空

灰色在懷孕，撩開窗簾

我們的視覺使用的是玻璃的語言

冬夜，一個舉雙臂的東方女奴

地板上的火焰與她內心的灰燼形成微妙區別

黝暗中，兩把孤立的椅子

像雪地裡的兩隻狐狸，二串稍縱即逝的爪印

在交錯，重疊，平行，輕重，緩急的逃亡中

淌出了音樂，讓人感到時間在不斷地損害生命

與國王的舊皮靴相比，果園被村莊廢黜得更徹底

經過痛楚的震盪之後，奢侈、寧靜與歡樂的氣息

開始悄悄蠕動，每天都有一百片處女膜破碎

二

一切都在結冰，包括浸透了惡夢的內衣

睡去的還有石板路、頭髮、情慾

一件絲綢掛在衣櫥內，街道靜止

總有些陰影投射，並淹死許多東西

一張紋路衰竭的唱片

徹夜不停地旋轉，一陣憂傷打碎陶罐

片刻的寧靜竊走了囚犯的罪行

從誕生到死亡，是媚俗的軍隊擴編的過程

所謂覺悟是寄生在蟲子或夢的表情裡

當一場雨屍體般躺在了地上

充滿了條紋與細節，藉明暗變化的光線

我們能辨別出被肢解的人體

三

收穫季節遠去，雞群聚集在倉庫的圓柱下

亞麻布床單上沾滿了精液

革命差不多已毀掉了地球的全部

只剩下一輛卡車在雨水中閃爍

在這厭倦和日落的時刻

我知道，肯定發生了什麼

什麼？我問，回聲穿過零零落落的村莊

粉碎在水、火、土、空氣四個方向之中

如疲憊的旅人在河流棲息處

撈起旋轉的葉子，隨即又丟棄了

青春，並不是意外的禮物，像貓爪裡的樂器

正如我們所珍惜的，已逃入黃土

四

記憶裡有一塊黑斑，一點光亮

順著樓梯上去，我們還能找到被蛛網塵封的書籍

我所信仰過的，愛過的及忽略過的

如今竟成了我的指紋與胎記

只是以另外的語調發出新的命令

鞋子站在地板上，恐懼足夠使它猶豫一輩子

而不邁出一步，但風搖動窗框

將蠟燭熄滅，鋼琴搬離的地方陰影虛空

那時我們交戰的唯一根源是精力

但現在卻沒有了退路，甚至連家鄉也不保險

朋友們灌我酒，女人喝我的血

我們的顱蓋骨在膨脹中驚人地沉重

五

半途中，我們遇見了雪

一種不能粉刷也不能喚作信仰的純白

彷彿莫札特的手指在半空突然觸動寒冷

在我們經歷了夏日玫瑰的語言，少女麝香的氣息之後

轉瞬無數片輕柔的動作在一同挖掘黑暗

我聽見我們身下的女性抖顫出「快點啊，快點啊」

的呻吟之音

在這個廣闊視野的單調中心，寂靜

把萬物都彙入一條河流，一種舞蹈

肯定還是否定，這無關緊要

因為我們都是過程的產物，在過程中獲得拯救

但在風中，似乎沒有足夠的盔甲和長矛

以抵禦上齒與下巴之間的戰爭

六

周圍是看不見的風景，我們無法成長

我呼吸的地方叫做憂傷

很久以來，友誼這個詞似乎已無人提起

如果一隻鳥掠過天空，一個人死去

或我們的內心有了某種不能承受的重量

那就是說，什麼都一樣，事物間沒有聯繫

南方人，潘維，他永遠不願擺脫

這個世界，他的固體部分用來感知

他液化的眼睛抓住了疏鬆泥土的水

清涼的水，血管裡的水，與反抗媚俗的水

一個夜晚，我們散步，疲倦刺痛了我

他在我的皮膚上刺繡著睡眠的紋身圖案

七

二個人，一個天空，以後的寧靜

在還未喪失秋天的冬天裡，在遺忘還未碰觸的深處

我知道，有我不知道的鈕扣、鑰匙和藥片

牆上的釘子是認識過陰影的，衣服

穿著長長的夢的肢體，延續了下午悲哀的時辰

哦，自行車一旁，花朵在搬運芳香

花朵的光線向著人類的屍體進軍

我正經歷著月亮，像我的情人

用一張寄自遙遠的身旁的明信片

把事物轉向愛的一邊。音樂是有嘴唇的

夜晚不時也會流出樹的汁液

面對孤獨，我早已找不到表達生長的詞語

1989

蝴蝶斑紋裡的黑夜

蝴蝶斑紋裡的黑夜

飛上我的肩膀

像一條悲哀的扁擔

一頭挑著孤寂

另一頭挑著晚宴上的喧鬧

我動彈一下身體，它就飛走

有時，我靜臥著，遠遠的

天空帶著一條蛇準備咬窗簾一口

我與世界的聯繫

建立在一瓶膠水上

可我弄不清是否已過了使用期限

不然，我夢見的那粒豌豆

它鮮紅的血液怎麼會冰涼

愛情般淌過倦怠的天花板

我握著一把比醜陋還鈍的劍

如一個惡魔，我發出哈哈大笑

我即將去赴一個前生的約會

整理好紊亂的曲調，關上門

從公園的卵石路上，我拐向

藍火焰叢生的湖泊

知道嗎，歲月在磚牆上脫落

一座城堡逐漸衰老

它等待著，讓一片楓葉替它

等著，一位第一世帝王

1989

時光

那是一個普通人打牌，一位少女
被憂鬱的重力加速度所抓住的
一個潮濕、光滑的下午

我從看守所回到家
煤爐像一隻狗蹲伏在門前，一聲不吭
我把鑰匙插進鎖孔
如少女用尖齒輕輕咬齧
便解開了冷漠的那團纏繞結

我在給朋友的信中寫道
星光不斷從破損傢俱的縫隙間冒出來
凹凸不勻，我被內心一滴忍住的眼淚
逮住了，竟然縮成芝麻小黑點

不久前，當她還是處女
在雨聲滴嗒的指針裡來回走動
童年住院時的蘋果味使她興奮
我問：一個人得化多少時間

才能窺視她佈滿紅色快感的裸體

回答像後園的雜草一樣沉默

灰塵，像片上發黃的餘溫，與天空輕輕

開啟的門縫伸出來的一束紫羅蘭

構成了一個水晶體三角形

而停滯的時間

從手腕掉到水泥地上

1990

一九九〇年的褻瀆

時間像蛙皮一樣皺褶
夢，又下雨了
女孩子們的手腕在廚房裡像一只只閃耀的蘋果
螞蟻社會裡，又有一些事物被廢肉所俘虜

不存在巨大的人——
只有審判不時從屋外跨進門來
失眠，黑色甲蟲，抽屜裡的藥片
從骨子裡我感到了宇宙的荒涼

乘坐一列把迷宮的一天拉直成厭倦的列車
衰老準確到站，像玻璃上的黑痣
我們無法用血重新擦洗真理
不知道是哪一根柱子引發了崩潰

那麼，就讓吱嘎作響的命運
吵醒那個癱瘓在床上的悲劇
自從去年夏季見識了冰塊
隨即，我習慣了枯枝敗葉

1990

在那時

那時黎明像牙齒一樣掉落

麵包還未在各處架子上出售

而樹上植滿玻璃，每一塊都苦澀、興奮

我自滿，洋溢著必然；一條繩子

垂下來，整個透明之夜雨聲一直懸掛著

聽不到謊言，只有燈籠

突然生長，又官員般轉身離開

那時失寵的樂師在街頭演奏莫札特

五月不斷地敲門

我不敢注視慘白的臉，我站在

陰影裡，周圍死亡的空氣優雅

用鳥，藍色在人群上空留下弧線

在張貼各類公告的石灰牆面

有一條剛刷新的政治標語

那紅色，與濃重的魚腥味混合一體

那時，她是一位鄉長的女兒

河那邊，是浸透了水的小樹林

我們把幸福頭髮般剪短

後來，青春寧靜地引導熱情上山
我們在交會處點數著熟悉的煙囪

1990

登記簿上的夜

那些夜晚，每片樹葉都孤獨一人

在旅館凌亂的登記簿上

同樣充斥著無數個不眠之夜

我躺在吱嘎作響的床上，虛汗直冒

自殺的念頭一直被一層薄薄的銀光圍繞

外面，船停泊在橋下

潮濕的牆壁生長著青苔

不時走過一些灰濛濛的群眾

鞋底黏滿了枯葉的腐味

從冬到秋，直到天明

棺材鋪的燈驚恐不安地亮著

我的陌生的靈魂滯留在空中

是否也像帝王一樣不肯走下臺階呢

抑或是一匹駿馬在戰場上失掉了雙腿

我想起一個淪於危亡中的政府

在外省，法官竟如此輕率地

吊死了一群偷蘋果的孩子

汽笛鳴響，但毫無意義

城市嵌滿玻璃的大樓蜷縮進蛛網

像一件件異教徒的黑色長袍

掛在星光下，生命通往地獄

也連接著發芽的青草和翅膀

而突然，我被火光中的片言隻語所驚醒

如一雙巨手，伸出墳墓

擋住了我回家做夢的道路

1990

一個無政府主義者日記

我不知道，下雨的時候田野是否願意

走進我的房間，而我卻想移居到

侏儒的尖叫聲裡。下雨，一隻開始行動的貓

它明亮的飢餓照亮了洞穴裡的老鼠

也許，憑藉這層潮濕的油漆

我可以撣去衣領上的灰塵和傷痛

街道在這時是隱秘的，並保持了潔淨

不用望遠鏡，我們就能看清楚原子彈是怎樣

用蘑菇雲為病入膏肓的人類開哲學藥方的

我，無政府主義者，非常怯懦

從橋上走過，正如馬克思曾揭示

一個幽靈在歐洲大地上遊蕩

但這兒叫長興，一座野雞出沒的城鎮

食品公司的門前爬著一隻蟑螂

向時代跨出非凡的一大步

自由，不是飛奔，是騎車或乘車

我彷彿正在捕捉那陣微涼，那種溫熱

片刻，一位女性的肉體流遍了我全身

1990

潘維悼念麥克迪爾米德

下雪了，林子裡有了白光

這是醉漢看薊花的時刻

也是一把空壺傾注憂傷的時刻

潘維，一個第三世界的孩子，出身平民

走到他小小的屍骨前，然後停住

問道：這是什麼閃耀

每一陣寒冷之後

便剩下貧窮、堅定和主義

然而，這又是什麼死亡

做一個叛徒，卻不向人類投降

如同他在蘇格蘭群島的海灘上

遇見一位眼睛發亮的婦女

把她帶進茅屋

哦，空談

這是多麼不值一提的高貴舉止

1990

輪迴

在六月裡，只有睡眠與倦怠

時間在紗門外嗡嗡亂飛

似乎我必須毀掉自己才能走出群山

一團矛盾，像一件一折就斷的可憐的毛衣

穿在我體內的那個人身上

她有時是記憶，或是一位落水的少女

讓我明白我什麼也拯救不了

人間的喧囂好比一堵灰牆

矗立在孤苦之夜的淫笑上

白天，或在大樹下，我學習散步

雨水沒有眼睛，萬物也沒有眼睛

但它們相互凝視，直到看見一切

一天，我在一本書中找到一種生活

這麼熟悉：陰謀，交易，假面舞會

我猜測這是我前生留下的一本帳

在星光們中間，在大地上

我想我老了，即便通過花粉授精

或交換青春的辦法

我也無法把瘋狂再次推上馬背

因為紀念碑的根基正在輪迴中腐爛

到處密佈著匆匆行動的領袖

如果整個地球都點燃，燒盡

人類仍將創造不出陽光

1990

冷漠

幾天來，我定居地球
所謂人類，是指我身邊的幾個人
我住在用悲慘結構建造的空間
驚訝於幼女轉瞬進化為婦女的加速度

早晨，我醒來，決定活下去
進餐的瓷盤上放著藥片、腦垂體和一份罪狀
一大片灰色在下面展開黃皮膚人種
街道像一塊髒布，擦著行走的腳

我並不願替人受難，或盜走什麼愛的藉口
每一陣引誘都送來舉目無親的墮落
我選擇了革命的嘴臉
並聞著飢餓散發出的麥秸草香

雖然癌症，這並非偉大時代的產品
但仍可讓我的麻木興奮一下子
城市像只蟲蛀的蘋果，傲慢地
俯視窮人身上那些失敗者的美德

1990

追隨蘭波直到陰鬱的天邊

追隨蘭波直到陰鬱的天邊

直到庸人充塞的城池

直到患寒熱病的青春年歲

直到藍色野蠻的黎明

直到發明新的星，新的肉，新的力

追隨，追隨他的屈辱和詛語

追隨他在地獄裡極度煩躁的靈光

追隨幾塊阿拉伯金磚

那裡面融有沙漠和無窮

融有整個耗盡的蘭波

追隨他靈魂在虛幻中冒煙的蘭波

甚至赤條條也決不回頭

做他荒唐的男僕，同性戀者

把瘋狂侍候成榮耀的頭顱

把他的臉放逐成天使的困惑

1991

說吧，悲哀

說吧，就說那些錢幣
還封存在山間一座緊閉的宅院裡
石板輕壓著泥土
彷彿所有的爪印都是遙遠過去的心事
門像主人的馬匹拴在空氣中
注視並未顯得全部有效
一些無效的注視仍十分危險
那些未來的妓女們正玩耍、縫紉在斜坡上
靠近黃昏的孤獨，是又長又細的松果煙縷

這兒，厭倦仍時斷時續，散發出黴味
這兒曾抗拒過死亡，因此
小麥種植遠比少爺的家信要受到重視
從積滿灰塵的穀倉到群峰上的星光
依稀可辨亞麻布織出的圖案
靜悄悄的懷孕，彎曲的脊背擴展開去的
幾十里的緊張，而芍藥
競相開花在婦女們料理家務的間隙

說吧，就說從未嚐過被單下女人肉味的男人

遇見一塊又一塊甜蜜的嫩肉

在陽光下，在動作猥瑣的夏季

人們期待得那麼少，以致

緊隨暴雨來臨的僅是滿地的酒鬼

帶著他們的妻子兒女像帶著幾隻煤爐

1992

舌頭下的浪費

從一間屋子到另一間屋子，我不停地說著話
太陽已落到南方破舊的門庭裡
為我燉蓮子湯的情人在何處
一片涼風夾帶著時光從磚塊間穿過
話語在地板上投下了斑影

所有的日子，所有的朋友，相遇者
我，和我自己，一切，我的全部——全都
不停地說著話
話語浪費了衣服、睡眠、書籍、紙張
浪費了死亡、性交和瘟疫
在話語中，我看到灰塵落上床單
沉默在我體內浪費了所有的亮光
像突然切斷電源的電影院，一片漆黑
一個觀眾驚叫起來，恐慌迴蕩
直至被舞臺上那塊巨大的幕布所吸收

1992

可以自殺了

僅僅一把鎖，就使得所有的風景都鏽蝕了

一種懶散，無力的垂著窗簾

空氣喑啞，像關禁閉的少女

我走下臺階，試圖用嘴唇去抓另外的嘴唇

我這麼想，是因為憂傷燒毀了我的愛情

頭髮上空，光似乎患了嚴重的角膜炎

屋頂在釀酒，誰的奔跑

遠遠的，在稀薄的透明裡反覆出現

我的記憶一直無法消除那些丈量土地的人

統一——無非讓愚昧擴大一點罷了

有一點要明確，秋天了

製作絞架的木材已茂密成森林

並且水亮了，無名的外省詩人正請求您的

　原諒

當我走下臺階，全身叮噹作響

口袋裡裝滿臨終的眼

我看見，在無限遼闊的幼小變幻中

一種憂鬱，正在飄落、飄落

經過一株乾枯的酸棗樹

（謹以此詩紀念女友孟曉梅　她去世於農曆1992年
除夕之夜）

1993

多冷的光

多冷的光，使腥臭滿溢的魚市場
如香水瓶一般空寂
飯館亮出一隻結冰的舌苔
我的日子，沒有顧客光臨

日子不斷掉落，像切去一根根手指
我不知道脆弱的含義
我什麼也無法抓住。白髮
刺入我頭顱恰似噩耗傳入客廳

熱血平靜，卻籠罩著宗教的烏雲
真實的友誼有發黴的成份
我的嘴唇全然不顧少女的嘴唇
腫脹、開裂、沉湎於酒精

推開失去記憶的窗子，玻璃融化
露出木頭，遠方的森林可能會思念
它的被肢解、油漆過的孩子們
但不必像我的圍巾一樣悲痛

1993

紀念

拴繫在光柱上的一匹母驢

突然生產：我回想起遙遠的近處

我體內血管裡的一灘血，以及

那落葉一般撒滿各州縣的眼睛

那和晨霧一同亮出前額的小侏儒

啊，還有那氣息：化作一劑中草藥的

女肉的麝香，和浸潤的姿態

甚至仍冬眠在草地上的幾隻

或更多隻子宮：它們低低的掠過

些縷痛楚的游絲已感應水面

然而，仍未發現一根魔線

從搖擺不停的記憶中穿過

青春僅剩隱約可聞的貓咪聲

要捉住它，至少要追趕永恆這段路程

只有剛滴下的糞便的暖流

使凍僵的苦膽甦醒

在霞光裡，在沒落中

我吃著照徹萬事萬物的苦膽

一顆一顆吃著，吱吱作響

1993

蠟燭用盡了，沒有存貨

蠟燭用盡了，沒有存貨。趁著黑夜

鐵的鹹味，一群雨跳下灰牆

散入雜草叢生的後院

因緊張，它們閃閃發亮，甚至忘記了自己的性別

一堆碎石，從寬大的衣袍裡裸露

呈現夢的藍褐，苔蘚無力飛走

像醜臉緊貼槐樹的根部

凍僵的睡在靈魂裡，不再吱聲

而那些悔恨的，卻並非由於老年

當唱片止息，朦朧的水氣將玻璃石化

我盛放藥片的胃似乎更適合於

容納青蛙的舌噪。但現在是冬天

泥濘還未驚蟄，膝蓋在鏽蝕

連桌上的蘋果也正在病去

燭臺，一隻獨角獸，金屬肉體

被沮喪的餘溫圍繞，姿式蹲伏

有些機會，隨權杖下的影子來臨

它柔軟，善變，默默的從三維空間剝離

顯得比桌子和衣櫃更懵懂無知

但有罪的是裂縫。一種韻律是用手指
擦亮孤獨，將火焰燙傷，並用曾驚擾
風流少女的目光玷污牆角的一隻蜘蛛
門在枯萎，耷拉下感冒的耳朵
被警惕的竊賊拎著，風一般興奮

1993

日記

一

鏡子醒了，開始滴滴嗒嗒的走動

它凝視著：我的臉，臉旁的水果

剃刀上殘留著昨日的鬍鬚

沒有變質，仍可裝上今日的下巴

我將憂鬱別在胸前，一枚蝴蝶徽章

失戀，一度圍巾般溫暖

家庭，一種瑣碎事情的混合宗教

籠罩著我們這尷尬一代的上空

公路兩旁，紊亂的電線水泥杆交叉

沿電流的方向，我，灰濛濛的

穿過傾斜的人群，融進喧囂的磚塊

一件藍色襯衫是我的早餐

二

雨，擰亮臺燈。屋角，蜘蛛網靜止

枕上失眠的痕跡非常明顯，像蚰蜒

爬行留下的線：黏糊，蒼白，解不開

氣壓上升，走廊上的小東西恢復和平

剛才，它們的爭吵弄病了窗簾

透過寬恕望出去，一種脆弱的透明

攜往事君臨。雨點像火苗滋滋奔跑

草地上，起了薄薄的煙霧

像很多侏儒組成的矮牆，一跳就過

雨在它們巨大的腦袋上敲擊，節奏漸漸蔓延

時而游離，時而急促，一棵樹

想表現自己，但它無法將自己投入郵筒

1993

雪　　一個現在，一堵牆碰到了冬天
好似電車司機的剎車一抖
就將乘客扔在了南方：叢亂的靜謐中
當歪歪扭扭的雪花穿行於房舍之間
單純得有如絲綢之府的蠶蛹
我的頭蓋突然掀開，思想瓦片般
被白色的寒冷所抽去，我只感到
我的健康，我的視野，一片空白

墮落到灰沉沉背脊下的年齡
從翻捲的衣領口冒出，像一隻鳥巢
未發育成熟，鮮活的土粒就已枯萎
願我寬恕上帝，他制定的這幕戲劇
雖平庸，卻沒有挽回的餘地
在衰老與我之間還未劃上等號之前
我將自己從鏡子的平面裡凸出
並出門，去尋找細節和機會

床與鑰匙在寂寞中更冷了
地獄因為貧窮也變得無用
收稅人的皮靴在漫天大雪中前後移動

像分不清輸贏的兩隻戒指，拖著
泥濘，也許是一連串陰鬱的髒話

1993

長夜

從婚禮的喧鬧中脫離出來
我，一粒構成物質的原子，厭倦於生活
將自己埋藏於布料之中，肉體緊貼黑暗
又一次，小丑一樣的街道
在清冷的長夜裡將我的腳步吞噬
像地方官收下一張賣身契，並毫不手軟地
流放那被剝奪了尊嚴的平民
在青春的末期，也就是一隻兔子
驚恐的尾巴上，我血紅的眼睛
找不到一句話語，因為
如果沒有別的耳朵證明你的聲音
那麼，你自己的耳朵就是兩塊石頭

也許，當人們的無聊上升到頂峰之際
一個嬰兒誕生，隨之誕生的是一把剪刀
二十年後，她將拆開我的矛盾結
那時，我頭髮斑白，離未來很近
不知是否已成為一個浮士德
我愛過，並在紛亂的書頁中
嵌進她姓名的那位女孩
不知是否踩著咔嚓碎裂的冰塊

用手擋住眩目的反光，一旁
她修長、白晳的女兒卻明朗地微笑
朝向一個貌似幻覺的陌生人

通常，麇集在一起不願告別桌子的酒杯
是時間的敵人。就為我乾杯吧
為了這座城市欲望之蛇的滋滋聲
容忍了我醜陋的孤獨行徑
還為了某些等待，屋頂一樣冷漠
恍若耗盡星光也抵擋不了嚴寒的
入侵，但守在廚房灶火旁的母雞例外
它徹底放棄了世俗的煩惱
和存在的意義，它蓬鬆的一團光輝
洶湧著，似乎照亮一隻小爬蟲
在驚訝、哀傷的空曠表情裡不知所措

1993

致艾米莉·狄金森

姑姑，春到了，帶著計時器

在另一個州府的門檻上，我私戀著生活。

住宅不是木結構建築，一點感情無法將它焚燒。

減少了風險，也就增添了麻木。

在這個圓球上，無論苔蘚還是騙子，

沒有誰比你更熟悉細節的奧秘。

在街道那邊，夢被盜竊。

主婦驅逐幾次調情，郵局似灰塵的嘔吐物，

一個流浪漢帶著腳離開，也許

它會遭遇到一座磨坊、一場疾病和一個魔鬼，

最後，喉嚨低沉的村莊將打開泥土接納他，

如你用一件斗蓬，歡迎迷人的陰謀。

我無法乘螺旋槳或一個快動作

趕到你用短箋寫信的高大松樹下，

我甚至無法想像你奢侈、膽怯的孤寂

怎樣躡手躡腳地使意義充滿整個天空

見面，不必。贈送嫁妝，

有悖倫理。僅僅有面盾

盾上刺入一架鋼琴，也就足夠

你瞬間的蒼白，潦草的發明，將種子

亂塗於果園──如今，是滿籃的水果
供陳舊的人新鮮的享用。
你不是只有一張，而是有無數張正面的、側面的
臉，核心圍繞著「絕望」與「愛」。

請不要生氣，姑姑，即使是佯裝的
責怪。我，潘維，一個吸血鬼
將你的生命輸入到我的血管裡，
更別說怎樣對待你抽屜裡的創傷了
我願將你看作籬笆上的一陣風，
或裙衣的窸窣聲。而實際上
你被婚姻絆倒，一輩子摔在孤寂中。
別去管鳥窠裡的瑣事，無需操心舞會的
提琴手。告訴我，怎樣告別？怎樣重逢？
如何做到就像從未有人在你面前活過一樣
活著？掛鐘配製的草莓醬已發酵
你忠實的狗，一雙絪布鞋，會銜給我。

1993

框裡的歲月

每一次接近歲月

少女們就在我的癌症部位

演奏歡快的序曲

——題記

在儲放著像冊、內衣的陰影裡

吊燈捲縮著滑入一張舊式唱片的密紋

只有一束多餘的光，掉下地板

沒有耗子的狂熱，沒有低語

瓶裡的酒也已逝去

很快的，一陣皮膚的氣味逼近

平靜的心跳告訴我，天黑了

但總有什麼在阻止夜的來臨

一陣擔憂，對一個行走於泥徑上的

產科醫生和藥箱裡的器械莫名的感激

一次即將發生的搶劫案

或一場感情，突然拐彎

流向陌生的床榻、陌生的水管

時斷時續的動靜俯視一切

是窗簾想擺脫噩夢。寒風

如無禮的幽靈，敲冷我的骨髓

牆上一束艾草，枯萎多年

仍在辟邪。從上一世紀至今

幾次對速度的革命使空間驟然縮小

如果願意，可以做一隻螞蟻

但卻無權成為一頭擠奶的牛

在此，在女理髮師去赴一個約會的時刻

我的鬢髮像空氣中的灰燼

一本書打開，人與事鏽蝕在一起

鐘擺遲鈍的節奏像一支催眠曲

倚著廊柱，女僕緊攥著抹布美好地入夢

我，也許是薄冰吱嘎的叫喚

和畫中人換了個位置，走進畫框

1993

一年四季

一

近日來泥濘篝火般喧嚷。樹枝潮濕

濁煙薰炙雲層。連傘也昏暗如心臟

存放於牆角，隨手可取

十五瓦光線晃蕩於牲口棚低矮的房梁

我寄出的信，無聲的沉入郵筒

孤寂，早已需要熨燙；如一條滿是

皺褶的外褲，招人譏諷

可以說，自從失去了你，便失去了散步。

這麼說，是因為世界狹窄，人類擁擠

蚊子嗡嗡的盤旋，觀點鮮明的吸血

二

在春天，我鼻青眼腫的敗下陣來

整個暑假，一把摺扇將我合上

不見陽光，遠離蜂巢和汽笛的鳴響

或許，當話筒拎起我的耳朵，接通另一端

你，雛雞般發抖，逃向無窮的雨水

如果那冰涼的晶瑩灌滿口腔

又意味著什麼？我害怕一串串葡萄的垂掛

那凝視，說明二條迷宮般的曲線

仍相交於某一座標點上。星空會再次成熟嗎？

輪迴會再次排演我們的生活嗎？

三

此刻，地毯如一位黑人，從腳下鋪開

秋夜。哦，你可要小心，千萬別踩痛悲劇

當木匠升起屋頂，將星辰一顆顆釘住

我知道，我早已無法逃脫，但也無法飲下

油漆般靜止於唇邊的竹笛

並非毒酒，那僅僅是船舶旁的回憶

你，一隻小小的水的齒輪，獨自轉動

是中國，唯一能幫助江南的詩句

查看夢境的士兵衰老了。白熾燈潑出的

光線黏在一隻枕上，呼吸被鋸成了兩截

四

窗戶已閒置，磁帶已疲憊。新聞

用大幅版面聚攏篝火

法官隨時可在我身下點燃判決

而多少笑聲，早在焚燒之前便成灰燼

尚存的一息波及沙沙翻動的空氣

我坐在桌前，如一塊橡皮，弱智牌

不知該擦去哪一種答案。鋼筆只能

在對與錯之間劃上等號，並一臉惘然。

儘管修長的背影穿過長廊匆匆模糊

我仍看見你睫毛下責怪和怨恨的批語

五

在生命的某處，當交易所的血變化為水銀

一扇鐵門噹的一聲，飛出一張唱片

人群在我的頭髮上梳作左右兩派

幾片樹葉裸露，寄生於鋁線上

呼呼作響的電流使死亡更強壯

真的，在生命的某處，桂冠有足輕重
雖然在戴上之前，我便早已贏得。
徹夜，我對付那群牛頭馬面的思想
它們的舌頭多柔軟，舔著無骨的月光
比起我們擁有的沉默，這舉止畢竟骯髒

1993致 J・H・Y

荷馬紀元

多年來，只有雨和一座灰色的城鎮

還有時間——一副面具，或一副鐐銬

我，站在窗前，拉開一幕幕戲劇

比如，我的師傅，一位盲樂師，長久漫遊於

凡俗的人間：第一個用瞎眼看見了美

並用骯髒的指頭再次描繪了美。

晨光中，盾牌也許疲憊了

但我並不認為戰鬥已熄掉了引擎

只要那位女中學教員仍是一塊藍色的木炭

或者，亡靈們仍乘肉的螺旋槳盤旋

俯看桌上的種種酒漬和斑痕

而那沉默的背脊依然隆起一片廢墟

而實際上，我僅僅是一個卑微的徒工

懷著一顆巨大而精細的耐心

現在，我注視著拉緊的雲層，當閃電

將活力注入空氣，祛除疾病

當無數風險抵達地平線上的一個目標

那個壞脾氣的男人正顯出泥土的英俊

我，闖入墓穴，找到了對話的超人

1993

第三卷

太湖龍鏡（1994）

太湖龍鏡

一

一次記憶使我回頭，如前額跳下一隻眼睛，

使我看清窗櫺和一把木梳。

在呼吸將布匹掀動之處，青春在成熟。

同時變紫的還有來自雨夜裡的書信。

那些並非虛構，然而絕望的紙張，

將陰影越積越厚，變成一次日蝕。

我的情人，我稱她為玻璃的俘虜

她透明的恐懼和寧靜的火反覆交替出現，

像金環蛇和銀環蛇結成的鎖鏈。

而不知為什麼，我找不到結果，

哪怕是一點恥辱的剩餘。

在磁帶醉酒的嘶聲裡，只有藥片

掉入杯底，泛起白色的顆粒。

只有雨水，熄滅了夏天的煙斗。

孤獨，蝸牛般伸出觸鬚。

銀子的光抖動著，好像一次午睡。

但在風中，一座城鎮是一件不合時宜的衣服，

呈現露水轉瞬即逝的秘密。

我怎能躲藏？當我的臉孔裸露在一片綠葉上，

承受著光線、面具和煙的針炙

當我從全部的生活，一台電話機裡出來，

穿過暮色中的一群朋友：他們三三兩兩的

奇異的思想簡直就像剛吸完大麻，

想像溫柔地將他們拎入蒼白，

那連童貞也無法治癒的蒼白；

並將我苦澀的身體放入她的床榻，

如將旅行箱放在空曠的廣場。

二

沒有鏡子，因此我找不到自己。

有風，但這風並不來自水底。

有夢，但這夢塵土飛揚。

我在哪裡？在哪一片炎熱中灌吸墨水？

在哪一條蛇的體內警惕著，隨時準備向仇敵販毒？

早晨像貧窮的魔鬼一樣無法施展它的催眠術。

而街道被一幕悲劇帶到了牆角：主演是一隻蜘蛛。

聽不到敲門聲，好像潮濕使所有的骨骼脆化，

手剛伸出之際，指頭便一隻隻掉落。

我的孤獨像一張蛙皮，在焦灼、欲望、期待的

分子運動中，正逐漸乾裂，如炭火中的唇。

我該向一位王妃講述些什麼？我該如何

抵抗國王奢侈和殘暴的嫉妒？

在青翠的地平線上，我該如何絆倒芳香的腳步？

是的，今天的木船單調、乏味，載著一隻水兔，

哦，更驚恐的是他三十一年的困惑。

他，施新芳，花花公子潘維早期的友人，

被一隻硬化的肝控制著，跳著死亡之舞。

稻子仍在種植、收割，只是少了幾筐。

網仍在撒，只是魚鱗不再閃亮，

書籍仍在氾濫，可天空毫無意義。

我，靠在轉椅上，在無限中動搖著意志。

垂下的窗簾切斷了空氣中遊蕩的目光。

世界是多餘的。甚至連十元賭注一樣，

壓在我周圍的寂靜也是漆黑一團。

命運夾雜在煙蒂中，有點像時間。

我度過的陰鬱和遐想全部是今天。

三

氣候更換著面具像收集蝴蝶標本，

但每張臉都主婦般平庸。中午，

醜得毫無根據。空虛一遍遍刷著

光線、鑰匙、泥濘和農夫的炊具，

並且用野山羊的血塗抹地毯，

不漏掉一點生命。似乎只有我

和臨近河邊的煤渣路是獨自一人的。

我們是朋友；一個陰，一個雨，靠得很近。

在縣府大樓的一間辦公室，一位木匠在揭發

他的主雇：鄉長。呼吸中的憤怒，

肯定傳染了有待修理的桌椅。

整個上午，我缺乏榮譽、金錢和信仰。

然後輪輻經過水泥一般我穿過一場

驟雨式的相遇，並且不留轍跡。

現在，我到了一家劇院。我彷彿在等待誰？

司湯達？還是一位忠於時尚的伯爵夫人？

但有一點很清晰，是我Ｘ光片中的一個污點。

我是一個徹底的保皇派，熱愛著等級森嚴的宮殿，

和會鞭撻公主的弄臣，以及諷刺家、幽默大師。

然而，這兒，絲綢之府，只出產水和夢，

出產情調、女性、潮濕、美和貓，

甚至連茶葉也含有蠶的睡眠。

我最天才的手藝是懶惰。當抽屜一只只打開，

蘋果一只只爛掉，而星空凋謝，

雷電像花瓣似的撒入髮叢，

我會吹呼哨，讀信，抓住猶豫的雜草，

我會說，走開，一切；統統走開，全部。

四

立秋，昆蟲產卵。河流的孩子們

仍在發燒：這些船隻，它們的額頭是鐵製的。

帶著成噸的煙草，它們從城市返回。

如果此刻你站在橋頭，暮色蒼白，

窗格子像一個灰暗的故事出沒於空氣，

你是否感覺到人生中的一個個小幽靈

將樹葉沙沙翻動。你無法捉住

呼吸中的那個時間販子，他逃稅般狡猾，

用順流而下的漩渦表達出某些猶豫。

你會注意到一隻驚恐竄過短牆的老鼠，

它冷酷的側影充滿嘲諷，似乎

在蔑視你的心臟。如果飄下細雨，

親切的濕潤使你靜得顫慄，

你也許想起一句話：「荷馬的世界，不是我們的。」

而雨珠蹦跳在欄杆上，像一個個

嬰孩，被迅速蒸熟、售出，

那些在談論愛、談論肉體的嗓音，

一點點消隱了，跌入一個謎底，

彷彿「巨大」被一張血盆大口吞吃乾淨之後，

時代跌入了顯微鏡：一個無窮小的王國。

當悲哀滋長，驚醒蜷縮著的貓，

魚在渾濁的水裡服用安眠藥片，你目光發軟，

走不出眼眶一步。

你站著，忘卻了鄰居的模樣，企圖讓想像出現

在這僕人在廚房裡咒詛你的碗碟聲裡，

避雷針近在咫尺，從生鏽的藤蔓上垂下來的

影子，如醫生筆下的幾個潦草簽名。

五

金鈴子的鳴叫串成一條條項鏈，

向少女的脖頸獻媚。一片草叢

亂塗著陰影。從低矮的屋頂一掠而過的貓，

尖爪踩痛破瓦上的月光。

它消失了，帶走了彈性：使老年人僵硬如死，

使空氣鏽蝕、煩悶如鐵柵欄。

一片楓葉如一張液體的愛情地圖。

一處流水，迎來了客人：那個姦淫萬物的寂靜。

在經歷了露水、陽光和睡眠，

經歷了滋潤、照射和夢的考試之後，

那楓葉，紅得多疼痛，用周身的血抓住樹枝。

在浙北，憂傷像偵探一樣著名，

緊盯著舞廳裡那盞閃爍的霓虹燈。

在靠近紙張和筆的法院，宣判長頭昏眼花，

從鉛字中挑撿顏色最深的那個會計師來逮捕。

一條幻覺的走廊時隱時現，飄浮在半空。

我命中註定要取悅並且反對

這緊跳的脈搏，一秒一秒蠕動的指針。

至少，肥皂的愛心是迷人的，

它使夢想滑動，以狐狸的助詞結構。

帶芳香的痛楚暗襲產科病房。我知道，

無論我多晚出生，總掙脫不了塵埃的造訪。

一座村莊正向愚蠢俯下嘴唇，煙霧的

牛尾輕輕抖出鹽粒的氣味。

燕巢，扇子般靜止。飛翔

是翅膀的帳單：但現在銀行的眼簾緊閉，

我想，我無法分辨思緒和我誰更醜陋。

六

突然的冷靜從半途中跳出，驚嚇了

茉莉花香的熱情。突然的輕雷

滾過天空，一隻隻打掉初秋的耳朵。

雜貨鋪後面，是熾熱的泥濘和蜘蛛女的網。

稻田裡，灌滿聚會的水。腐敗的草

像遺產繼承人一樣在臨終的病榻旁東倒西歪。

沿蒼蠅的軌跡，可以找到人類孤獨的根源。

但從哪兒能找到一個小侏儒？讓他卸下

一卡車的綠色、預感、神秘和消毒劑；

讓它卸下絞架，放貧窮逃跑；

在肥大的希望之鄉，讓它陪汁液晶亮的我

低低的坐下，共同品嚐一張菜譜。

也許有一團絨線從空想的煙囪裡抽出，

一位少女用來編織迷宮裡的圍巾。

我，為什麼要從一粒精子和一粒卵子的

破裂聲裡遙遠的趕來？難道

僅僅為了加入這魔術合唱團？

還是上帝暗藏著陰謀？上帝是調色板，

愛情則是我的畫皮，是我戴在臉上的

赤裸裸的面具：誰能看清我的真相？

水不能、石頭不能，狼的嚎叫也不能，

她也許能：手持血淋淋剪刀，剖開

母雞粉紅色肛門，脾氣暴躁如鍋底的黑廚娘。

一只發酵著地獄牌果醬的罐子，

直冒氣泡，誘發我的罪孽。

在一條細細的絲繩上，晾曬著信仰，

風吹補釘簡直就像抖動一疊發票。

七

這些星星，每一顆都有股鮮魚味，

在穀倉之頂，它們玩著紙牌，通宵不眠，

毫不理會一扇木門在吱嘎作響。

偶爾，它們不安的奶水淋下籬笆，

淋濕山坡和狗，並使食物

染上宗教，一種需隔離的麻風病菌。

從天國的角度看，齒輪將城鎮送入睡眠。

卻將鳥類的喉嚨卡住。

一切都悄無聲息，被按摩師領上床榻。

石頭枕著空虛睡熟了，

銀笛也躺進了肺的黑匣子。

而溫柔停泊在水中，駝背懺悔般

隨路燈消隱於曖昧的深處。

你，站在檢票臺上，恰似一條變態的吸血蟲，

巡視著通行的任何貨物，

不放過一絲喧響。支撐頭顱的肩膀。

略微顯得陳舊。沉默，表明了某種程度的放肆。

一張叛逆天使的臉輪廓分明，

透露出血液的涼意，如薄荷葉的鋒刃。

現在，夢遊的時辰到了。

逃犯架起被隱蔽得鋥亮的梯子。

痛苦在縮小。似乎相對論改變的不是認識觀，

而是物質。獅子也出現了，

壓著你的眼簾：那皮毛，那骨骼，那重量，

如火焰脫軌般瘋狂，超越夢承受的極限。

夜空營養不良，預示的無非是一些凶兆，

譯成音樂是一張恍若隔世的唱片。

八

我在無邊的空氣裡捕捉一句話，

如上帝從亞當身上取出一根肋骨。

我不造一個女人，而是要寫一首詩。

為此，我選中了南方：一隻微涼的眼睛，

一朵浸泡在綠色溶液中的火苗，

一種紫狐的氣味，一條玉器的反光之路，

一粒私通的種子，一滴夢的淡血，

一片氣象萬千、機關算盡的繁榮，

一股散出泥土的電流：情慾的噴泉。

在黎明，在身影交迭之處，當織機的轟響，

露珠般閃忽於廊柱、磚塊之間，

接著，絲綢的搬運工來了，布匹

像入秋的蜘蛛一隻隻減少，

櫃檯上，計數的算盤是竹製品。

而窗前的一聲喊叫迎來了中午。

而傍晚的風認識所有未發育的乳房。

這樣的時刻，我纏著緄帶的靈魂

想念一隻青鳥。我知道歲月的羽毛，

不在糖裡，也不在胖子的幸福裡，

只永遠在木簫吹出的靜靜的葉片中。

當從交易所溜出的一個個的竊賊，

用尖刀撬動閃電的神經，

這時，雨落下，音樂將彈奏者攪拌成一塊灰鬢，

我看見，一場戰鬥正孤零零的

越過一隻渾身顫慄的蜥蜴，越過

有形或無形的防線，將水種播下，

魚尾，分開草叢，疏通一條運輸潰退者的河道。

九

命運在輕輕喊我。那是有一天

我的頭顱裂開一條縫隙，浴血的神

站了起來，說道：「孩子，繼續往前走，

你已經完成了情感教育，到了恆久忍耐的時光之中

了。」

那神，並不鮮紅，而是藍、紫、綠三色交替顯現。

藍是水，是屋頂。紫意味著一點神秘的靈魂。

綠帶我回家，用土裡鑽出的麥苗和鄉下

潮濕的木房子：我曾和一束光躺在那兒。

蒙田晚年的智慧摻和著黴味構成一頓午餐。

我來自青春，一路上遭遇無知和狂熱。

泥濘攜帶著我，但它並不理解子夜的丁香花：

並不理解我偶爾踩上的苔蘚，是一種理想；

我也不問季節的脾胃是否健全；更不管

強者如何翹起小指，輕輕捅破弱小者的一生。

隨便得彷彿在掏挖鼻屎。

因為，我同時來自一塊無法梳理乾淨的根；

一棵腐朽的樹：梢頭觸不到自由，葉片不能飛翔。

直到那一天，河水依然平靜得如皇帝的寶座，

空氣中既無鋼琴也無音樂，一朵小靜穆

棲息在一位朋友綢緞的衣領上，

我疲乏，理智與體內的酒精含量成反比。

突然，我聽到命運在輕輕喊我

用群眾的聲音，一條海盜船觸礁的聲音。

我覺得波濤正在下沉，生命柳鞭般易折。

沙漏控制著一切，一切皆是必然。

也許，我只能向遙遠說話，只能

做世俗之外的事情，如一面液體的魔鏡。

十

灰濛濛的雨天，透明無法站穩腳尖，

不停地在玻璃上打滑。門檻和屋簷間的

一陣低語，點燃了一小段樹枝的綠色。

一路從厭惡中衝殺過來的蒼蠅，

抑制不住悲痛。烏亮的悲痛足夠有一個排。

嗡嗡聲圍繞著在藤蔓上生長的南瓜，

彷彿奶狼在哺乳。酷暑之後，

影子仍然沉湎於往事，悄無聲息的

將棉絮般的脊椎拖過臺階。

一到九月，上帝的種族偏見就愈加明顯，

含有字首A的女孩會放飛一隻蜻蜓，

打開窗子的剎那，她的薄羽一陣失戀的涼意。

我被雨水裹著，撐著傘在全城搜捕

那個逃犯、一位愛情大師，她用美麗

與聰慧配製的飲料無以倫比。

憂鬱的濕度更加速精湛了她的棋藝。

我要捉住她，將她禁錮在琥珀裡，

禁錮在蒼白、肺炎的塔樓上，

陪伴歷史。多年來，我的歷史是一台留聲機；

多年來，絕望磨損了鑽石指針；

但唱片在哪朵雲上？為什麼還不跳下降落傘？

或者作曲家受到了金幣的威脅？

因為飢餓，雨水靠著我的肩膀，

醒著，夢著，漫遊著，並且吃下一片建築，

幾輛車、植物和肉。一種禮貌平面地裸著。

一些近視冷漠得如鏡片。

我從未想過不帶避孕藥去約會孤獨。

十一

我想通宵跟耗子談論傢俱擺放的問題。

我畫了一張草圖；秋天的浴衣

懸掛在電線上，有腳爪和雙翅，如含恨的楓葉。

如果我醉了，我就是一瓶酒，

就讓眼鏡蛇去毒害火熱的生活。

還需一位鼓手，鼓點的麥芒直指農業大廈。

一滴水，太湖之水，當她閃耀，

難道你不下跪，稱她皇后。

她點燃魔燈，照見高貴和卑俗，

並消散剛出爐的麵包毫無掩飾的貪婪表情。

再借給擺渡船一份偽裝的證件，

趁夜色低能、瀰漫，把集中營的古園林建築師

營救到手裡：撣掉滿身的塵土、秩序和恐懼，

讓他以夢為工具，使綠土「無意間吐出」一隻泉源，

以水為材料，矗起一座金字塔；

首先，他得小心翼翼，逗號般膽怯地走近

一扇門扉，鼓起積儲了一地窖的勇氣

輕輕扣響。我驚奇，連這回聲，也用偉大鑄成。

至此，命運加在我身上的咒語之光結束了。

天空現出黃金的候鳥姿影，

我看見，災禍從地極風暴中掙脫，
遠飛雲外。跌倒的烏雲，
慢慢淌出蜂蜜，一步步侵入人群。
一切還早，還不用寫懺悔錄。
我，走出傷口的花朵，進入廚房，
七隻鵪鶉化作的黃道帶環繞著餐桌，
白熾燈下，血緣將家族的溫暖延續下去。

十二

一片陰雲經過，杯裡的茶水涼了。
泥溝的青蛙用叫聲給皮膚上釉。
瘋狂侵入一本書的封皮，如寒風刺入臂膀。
暮色來臨，騎著種馬，軍閥般混亂。
山鬼將星光、燭光和熒火一同點燃，
籬笆內的低語也亮了。
稍等一會兒，玫瑰就會懂得開花，
一瓣一瓣的，在淡影中攤開
受蹂躪的臉，一張在風中初喜的臉，
還有一支支流淚的竹笛的臉。
那麼多表情，麇集一塊，似乎在開會；
我看見那個剛萌芽的問題搖了搖蝴蝶，

便飛入土裡棲息去了。土是最大

也是最小的棺材，永不腐爛。

只要將生與死換個位置，我們便能出死入生。

但我首先要將天堂、人間、地獄放進一只桶裡，

再撒上胡椒，釀出桶醇酒。

醉的門扉用不著開關。月光，

在一隻皮球裡通貨膨脹。潮汐，

彎腰撿起一枚湖泊的硬幣。

而一宅子陰森森的奶水，擠出乳房。

蛇的精氣繚繞著屋樑，如潛入本質的

吱嘎聲，從山路上越滾越近。

滿地是松針，夜晚的黑髮一根根脫落，

米缸裡的繼母磨著牙、在竊笑，

田野即將變成禿頭歌女。

疲憊的盡頭，馬首浮起在空曠的煩惱中。

十三

獻給卡倫·布里克森女男爵，因為，

我在南方有一片湖泊，就在我的枕頭底下。

一株冬梅，是它的女主人。

潮汐，每天拿一把鋸子將時間鋸斷，

一截白，一截黑，一桶牛奶或一筐木炭。

在平靜的水裡，魚鱗清理著活著的光線。

誰都知道，在和陶瓷同名的國度，水的靈魂

是一條龍，沒有人敢於去探測它的性別，

也沒有人敢於對視那隻可以變幻他命運的風暴眼。

黃昏時，蜻蜓作著短距離飛行。

飛越電流，掠過珍珠的撞擊聲，

或送一封窒息的信到苦澀的葉片上

在前途中跋涉的蘆葦，穿著橡膠套靴，

如一支敗軍，輸掉的不是正義，而是霞光。

「我打自己的戰爭，用砒霜和散步。」

但黎明派來做嚮導的那件襯衫

顏色太冷。推開窗子，風向朝著憂鬱。

經常的，我吸著氧氣，拋下身影的鐵錨，

經過玫瑰的歷史，如果下沉到城市，

就會遭遇到又老又硬的黑暗。

用泥濘，我可以打撈出小徑交叉的友情。

而月亮，一隻虎穴中的烤乳豬，

必須用魚叉刺殺。無法忽略

肺結核病菌，感冒的夜空

咳嗽出一顆顆星星，這是由於岸邊的

鵝卵石喜歡光潔與明亮，喜歡白銀，

並且喜歡那種長久靜默的灰色眺望。

十四

我走盡了雙腿，只剩下兩條褲管

灌滿麥子的清香和孤零零的空氣。

我覺得，我是水，寂靜的淡水，

從一條退化的神經末端流出，

在一個家族喝燕窩、人參湯的蒼白時辰。

一滴太苦的水裡有美人的形象，

一滴真理的水，當它乾涸，它就是說謊。

我曾到過千年之外的秋天，在垂暮的光團中，

一位智者的肉體變幻著平原的黃土。

我也看見桂椒、春蘭編織的高貴，

凋零之後，才逐漸在發炎的傷口裡被感覺。

可那混亂中的傳聞又該如何應付？

在鳥鳴的山間，葬禮稀薄得像蟬的翅羽，

空氣，露出純藍的鼠牙，咬著，啃著，

似乎想引爆果核裡的四季：生與死的幾種方式。

我還不停地遭遇到絕望的農事，

只有握筆而非拿鐮刀的手才會讓青草產生茂盛的
詩意。
當然，蟋蟀的溫暖與灶無關
但當我進入荒無人煙的陌生，是它，風俗，
拋出一只只救生圈，將我送回心靈。
我記憶著一個島國，那兒，武士們
不用劍刃，僅用劍刃的寒氣殺戮；
少女，提著燈籠，不為消魂的節日，
僅為滿山遍野的螢火，如此精深微妙的
迷戀，無需重複，便已永恆。此刻，
從青銅轉移到牛皮上的鼓點射出了亂箭。
一條條魚擊中了獵物，到處逗留著腮的呼吸。

十五

電流在罷工，漆黑從東方女性的肩胛
披垂下來。晃動的燭光
無法抓住周圍的物體，
它們溜走，不像老鼠，卻如臉上的雀斑。
愛情以同樣的方式虐待這座城鎮，
使被迫迷途的街巷沉溺於猥瑣。根據物種
進化的規則，十年前的一隻蝴蝶是今天的我，

但我已不能憑藉微微的氣體

傳播花粉。瞧，天空這只蘋果

掛在樹梢，終身拒絕成熟，通過雨水，

廢墟迅速佔領了我的嘴唇

像一隻隻毛絨絨的垃圾箱站在街頭，

磨刀般影響了睡眠的深度，

甚至影響了南方的寂靜，恍如

牙醫撥掉了你的蛀牙

卻歪曲了輔音，將「S」發成「Z」。

一陣雨，時常匆忙的顯示一隻狐狸，

草叢凌亂的石塊還來不及學會游泳，

灰灰的賊眼就收起了候鳥的鞭子，

向西，繞地球一圈，那抽打

給風景注入了奴隸的活力。

從孤寂出發，有無數條擺脫引力的路，

伸出舌頭，每一次嘗試，都很苦；

如一盆湯，用黃連、樹根煮成，

當它從烏雲中澆下恐怖，將湖泊擦亮，

靠近一盞神燈，裸體的山魯佐德，

為拯救人類，用語言給劊子手們進行換血。

十六

從中藥鋪走出的空氣，書寫著

幾隻潦草的燕子；它們是一群會飛的窗戶，

在我的日子裡顛倒著黑白。

像渾天儀的製造者夢見雌雄兩頭野豬，

漫步於銀河系，儼然以行星自居。

既然它們願意，那麼就讓寒流沖過去，

憤怒地裹著它們：隔著這層厚實的裘皮，

飢餓的人們仍能感到粗野的血流

在皮層下奔騰，隨時可能會岩漿噴發，

射出一個個烏雲席捲的村莊。

而那撒網的漁夫屬於另一支黎明種族，

他們開著不敗的水波、魚鱗之花，

反對顯微鏡：這些放大，變形的複眼，

只熱衷於區別膚色、習俗，為了喚起

一枚硬幣的興奮，竟一口口抽起戰爭大雪茄。

我，一只甕，亦重壓著泥土。腦垂體

像根鬚，上面種植著紊亂、茂盛的金幣，

搖一搖，那枯萎的屍體鋪滿全城。

情感，無論多麼翠綠，也必定會枯焦，

必定要重新喚醒夢凍結的財產。

春天的鳥叫必定會鋒利無比，
帶著一隊園丁，闖入皇妃的臥室，
要求工錢和吻，並殺死那些菜刀，
砍下音樂，有一截斷肢叫「二泉映月。」
聽覺會凋謝，但耳朵的叢林卻會不斷的
攫住寂靜，讓做填空題的樂器像管家一樣
從鄉下趕來：將一個王國放入我的手掌。

十七

絞架很快將嚙斷今晚的呼吸，
月亮像農夫的聖旨一樣在太監的喉嚨裡
發癢。城牆的影子一閃而過，
穿透你的骨肉：你冰涼如秋蟬的身世。
一片雲在咀嚼口香糖，吹出的帆
比虛榮之火還旺，載著從孤寂中冒出的
一眼礦泉的愛，遠去。一輛卡車
將半座山嶺翻下悲痛的深谷。
當鐵軌到站，我十四歲的情婦
從衰老的打字機蜥蜴裡爬出。
我停靠在一對如此鬆弛的乳房間，
左邊是食堂，右邊是商店，其中

滋滋冒煙的導火線是一條繃緊的
神經，可用來編織一件內衣，
像集體宿舍內新報到的貧血女工，
將病情隱藏得比井水還深。
但米飯亮出她的舌苔，察看倉庫裡的
收成。唉，還是放掉她吧！
讓她經過鼻孔的篩子，次品般消失。
然而，誰也沒有權力「哼」出一聲濁涕，
即便患了重感冒。任何一下鐘擺，
都將碰到上帝：他重估著一切價值。
季節怎麼辦？這條橫空出世的犀牛，
突然撞傷一步步走向葡萄的露水。
紅酒是赤裸的，你無法再讓她脫下狼皮。
一個岩石嚎叫的地方，珠寶店的竊賊
滾下山坡，如孩童的屁股一樣泥濘。

十八

死去的春天在遠行。我身旁
僅剩鮮活的冬季：一條凍僵的鰱魚。
我彷徨在無序的魚刺之間，
小心翼翼地擔心著太陽，風隨時會吹掉

這頂草帽，露出大地的禿頂，

樓房像幾根毛髮，遮不住光滑的思想。

如果清晨，你起床，揮手趕走窗前的濃霧，

看見一輛輛公共汽車的浪子

向城市開去，你覺得家鄉已被擊斃，

在他們的體內。一個時代貨架般

撤空，連同這些陪葬品。

當然，不包括啤酒。因為墳墓裡的宴席，

不需要食物，但需要枯葉，以便

升起點點鬼火。冬天，手勢般招來

妓女：如雲的雪花。產房裡的血潮，

恰好與分娩過程成對比。也許，

是冰冷的器械射出了你的目光，

無論河流是否同意，你掠過一道冰淩，

像一艘新船，激動的馬達還未生鏽。

告別，作為一次儀式或一種風景

我已太熟悉。自然，用癌症

來治癒麻木、單調的處方也古老不堪。

那些在火旁講故事的外婆，唯有她們記得少年。

在河埠或露水碧綠的桑林，

侵略者追逐著姑娘，直至她們的影子

破碎。而東方發白，雄雞。

像一把掃帚，清掃著牲口棚裡的幼崽。

十九

在經緯交織的空氣中有一條金錢，

肉眼無法看見，飄忽在人群中，

但通過月光的引導，它將領你踏上一架梯子，

從視窗，進入一座城堡：一位藍色少女

落在床上，那裸體，彷彿一碰就溶化，

佔有她吧！或者將她製成楓葉標本，

夾在書頁中。讓她知道莎士比亞

和中國唐朝，聽聽古老喉嚨談論

深秋的節奏。也許，踏香歸來的馬蹄

告訴你，騎術是一種顏色，一種音樂。

不同於你田徑場上的教練所言。

當然，甲魚能滋補你的身體，

使你跑完馬拉松全程，舉著火把，

像一次警報進入最後的衝刺，

但如果一個孩子擋住你，你會蹦斷他嗎？

這問題有點陰暗，像一面鏡子，

得經常照照，梳一下紊亂的頭髮，

甚至向毒蛇學習，在脫皮中重獲彈性。
一朵花的價值重於人類一切戰爭，
當你懂得，星星已回了青春的許諾，
從你的額頭撤走閃爍的晶片。
對於智慧，威脅毫無作用。
瞧一瞧沙漠吧，它在乾旱中鋪開生命，
僅此一項，就提升了精神。你汲水的
時候，一只木桶突然夢見：眾多的麋鹿
覆蓋世界。一剎那，敞開一個個家園，
驚恐萬狀的家園，一齊逃向美。

二十
靜悄悄的尾巴愛上了人類，這一點，
偵探也許知道，憑藉刀片，
秋風無限細膩地騎上了一堵牆，
一夜之間，就想抵達一個階級，
那被清潔女工掃出城市的一塊湖泊，
在綠夜裡，它紡織著絲綢，魚鱗閃爍
雲雀曾感受過的冷光。不知皮靴屬於
哪一個頻道？在地主及狗腿子的節目單上，
我找不到一點頭皮屑，只因為它們太靠近思想。

而我卻不斷的地遠離自己誕生的那一刻，

那龍的年代，蛇的月份，狗的時辰。

現在，農業銀行大廈巨鐘又敲響了另一塊

土地，鐘聲將城鎮送到空中，

黑暗如注，澆熄了玻璃。汽笛像螞蟻，

一連串的騷擾著白熾燈攫住的耳朵。

很難證實真理的道德：難道她

每一次獻身都有一片未開封的處女膜？

孤寂用不著鳥籠，但需要一枚戒指，

用來收取它的靈魂。在極端活下去的石子，

被捏在拉緊的彈弓裡。然而，

咖啡沏成一支流行歌曲，落葉蕭蕭，

腐蝕著度假村鍍克鉻米的小徑。

前面，我提到過的那塊湖泊又一次

揭開婚紗。竹林，一頭吸煙的瘦牛，

朝新娘噴吐著潮濕的煙霧。我睜眼，

驚醒鋼筆，像製藥廠的廣告，

從悶雷中落下幾片失效的安眠藥。

1994於長興雉城

第四卷

太湖，我的棺材

（1994ⅰ1996）

月亮

大地的藍在微微的鞠躬。

水杉像少年推開滿身的窗戶，
稀疏的月光落到細節上。
風，草草地結束了往事，
又沿著鐵軌，駛向烏黑的煤礦。

我，並不知道還有多少事物
尚未命名，上帝的懶惰
難道成了詩人的使命？
一眼望去，青春的荒涼，
從水底瀰漫出初冬。
一隻雨中的麻雀，疾行翻飛；
灰色屋簷，靜止著羊角。

（那手持鞭子的放牧者：月亮，
在抽打那麼多心臟的同時，
可曾用奶餵養過這片風景？）

月光，可曾地毯一樣捲起褲管，
赤裸的土，忍受冰冷的腳。

一節我生命的金鏈，
帶著分離時的恐懼，失落在塵世某處。
哦，那就是喪失了名譽的——泥土，

在火光沖天的背景中，
被傾城逃難的人群活活沖散的
天上的泥土，

必須緊緊貼住月亮呼吸，
別退化這根點燃的尾巴。

1994.10

被沉重的空氣壓著

被沉重的空氣壓著，秋天彎下了蛇腰，
像一個問號，睜著渾濁的眼睛
已厭倦了回答。被纏綿的雨淋著，
庭院裡的水井是一顆長得很深的靈魂，
照亮懸掛在高度裡的南方。
我的孤寂，被光印刷在回聲中。
正一點點紅透皮膚的空氣，
在逐漸上升，如禿頂的男性領袖。
被愛與水滋潤，美已醒來。
我人性的病歷卡上寫著：腎虧。
我關心的是如何在這個人間球體上度過神性的一生。
像荷馬，獨自完成了一場集體的戰爭。

被一種理想俘虜著，世界顯得多餘。
思想在腦垂生鏽的線路裡成了難民。
用月亮，我收買少女和銀子的光澤；
用城鎮，一隻替罪羊，我找到無窮的證據，
找到一副瑟縮發抖的骨骼，充滿煩惱。
皮靴咆哮著泥濘，這些希臘諸神
又在為一幕悲劇準備一片廢墟了。

哐噹一聲，鐵門從裡面出來宣佈：

真正的生活不僅在人間，更在語言中。

奧德修的歷程是我內在的命運。

1994.11.20長興

消失

那夜，月光裡流淌的鄉鎮
伸展著道路的寧靜。十里蘆花
一片反光，籠罩著水色。
我們的身體語音般虛幻，形同廢墟。
我，好像一隻從古窰裡溜出的狐狸，
被血燒製得紅旗般灼燙。
而那蘆花，那成千上萬朵
只懂得輕盈和飄的蘆花，潔白的蘆花，
迎面將我拉入，拉入
那無以名狀的消失之中。

也許，我並未到過水鄉，
也許，朋友們並未將我營救到人間。

但是，光線讓人害怕。
我不得不睜開那朵喑啞的夢，
它的眼睛錢袋一樣裝著青春。

1994.11.29

傾斜的城鎮

黎明鋸斷了昨夜的雨。
草坪清新，讓歲月成為一隻白兔。
書本上設計的陷阱一一消失。
街道在霞光中內衣凌亂。
像經霜的婦人，憔悴而滿足。

一條河停泊在水裡，
裝載石塊的貨船鳴響汽笛，
使河水流動。
城鎮在反光裡像一根枯枝，
在蒸氣的玻璃上畫著初冬。
透明灰指甲般增厚。
看不清那人的血管裡到底
彙聚著多少種族，多少記憶，
但他的野心在天空中狼嚎，
企圖通過改變語言來改變人類的生活。

在南方，在水鄉，在浙北山區，
如果仍有未上鎖的門向著寒風敞開，
那不是因為民俗純樸，而是貧窮。
一位皇帝曾到此巡遊，

他留下的風流韻事仍在庭院裡
開出花朵，小小的姓名，嫩如處女的肉，
讓舌苔忍不住露出猩紅的霞光。

公共汽車停靠在旅店的招牌下，
潮濕的氣息可能延續到正午。

1994.12.2

通天的傍晚

這是通天的傍晚，我思慮沉重，
我的肩膀像一個即將垮掉的季節。
傾斜的石塔，分泌出濃霧，
像一支糊塗的曲子，看不清臉孔後面的野獸。
一筐蘋果，拉扯著影子裡的少女：
不用掃帚，她就已蒼白，
就已拿起針筒，向青春索取鮮血。
晚風，彎曲著，如鍍鋅的鋼管，
果皮般將自來水噴射在地板上。

這是通天的傍晚，貧窮在勞動。
馬車搬運著仍在逃亡的歷史。
我將睡去，伴著黑髮長長的祈禱。
我將夢見，燭光快步奔上樓梯，
像子彈揭開被單，躲在顫抖中的你
僅僅十六歲，但已有足夠的風情
蔑視那執著的窮人：他寫作，
並且忍受了靈魂精彩的剝削，
在播種季節，他就開始了為你納稅。

1994.12.6

最後的約會

最後的約會像一面鏡子，打碎了，

永遠不可能隨創作一同復原。

奶牛式的天空，擠出雲朵和血；

圍巾般溫暖的拱頂如一個走調的大合唱；

在含混的囈語裡，你歌妓的臉

愈顯清晰，彷彿是青玉雕刻的；

然而，無論失望怎樣鋒利，

我目光的鑿子都不會將你玷污成一齣悲劇。

現在，在我們共同的地方，我獨自呼吸。

實際上，我經常走動，敲開一扇扇木質的聲音。

傾訴之後的沉寂，磨成寒冰，

劃破魚腹慘白的肚皮，露出黎明。

一直坐成炭火的是一把木椅。

被燈光澆了一夜的窗簾，已經燙傷，

蜷縮成一個草垛上睡去的男孩，

他忍受了徹底的拋棄，做著夢，

在一個非人類所能理解的夢裡，

他成長了起來，狀如老鼠。

對一個生命不斷在減少的守財奴而言，

未來就是貶值，此刻才是一切。

但你走了，並留下句號。

儘管記憶將我的城鎮照耀，

但鏡子打碎的剎那，無數閃電

顫抖，雷雨傾瀉──情感坍塌成灰，

我注視著你尚未掙脫捆綁的身影，

帶著慍怒的神色，裹著雨披

在初冬的橋頭消失，比綠色還迅捷，

1994.12.11雉城，致 J・H・Y

遺言

我將消失於江南的雨水中，
隨著深秋的指揮棒，我的靈魂
銀叉般滿足，我將消失於一個螢火之夜。

不驚醒任何一片楓葉，不驚動廚房裡
油膩的碗碟，更不打擾文字，
我將帶走一個青澀的吻
和一位非法少女，她倚著門框
吐著煙，蔑視著天才。
她追隨我消失於雨水中，如一對玉鐲
做完了塵世的綠夢，在江南碎骨。

我一生的經歷將結晶成一顆鑽石，
鑲嵌到那片廣闊的透明上，
沒有憎恨，沒有恐懼，
只有一個懸念植下一棵銀杏樹，
因為那汁液，可以滋潤鄉村的肌膚。

我選擇了太湖作我的棺材，
在萬頃碧波下，我服從於一個傳說，
我願轉化為一條紫色的巨龍。

在那個潮濕並且閃爍不定的黑夜，

爆竹響起，蒙塵已久的鑼鈸也煥然一新的

黑夜，稻草和像片用來取火的黑夜，

稀疏的家族根鬚般從四面八方趕來的黑夜，

我長著鱗，充滿喜悅的生命，

消失於江南的雨水中。我將記起

一滴水，一片水，一條水和一口深井的孤寂，

以及沁脾的寧靜。但時空為我樹立的

那塊無限風光的墓碑，雨水的墓碑，

可能悄悄地點燃你，如歲月點燃黎明的城池。

1994.12.12雉城

運河

需用紅辣椒去修復的天空
裹著一條右派的圍巾，在十二月的寒風裡。
他微笑著，被眾多陌生的房間包圍。
書桌上，放著一禎照片：夢遊的背景。
雨聲點亮了孤立的檯燈。

沒有去督軍府的護照，但有懺悔
從古建築師貧病的頭頂上滲漏下來。
他微笑著，記起一艘掛滿紙燈籠的木船
航行在做愛的激情裡，
陰暗的運河上升著唱詩班的神聖。

窗外，灰色的街道，沉淪的光，
少女枝頭上那濕漉漉的癡迷，
一切都泛起泡沫，伴隨著承諾和撫摸。
他無法突圍，他已喪失了軍隊，
犧牲的屍骨交叉，堆積成年齡。

家鄉在衰老中時遠時近，曖昧
如微弱視力。喧囂的佳餚
好比命運，從他的掌紋上脫離，

影響他的僅剩空虛之愛這張船票，

讓他返回引誘、鴉片和蕭邦的怨訴裡。

1994.12.18

沉浸之日

當我像一根扯斷的電線那般嘶啞，
帷幕降下，你的情感就會返回。
如被白天奪走的星星
一顆顆抽泣著，撲入桂樹的庭院。
桂花的芳香襲擊著一些靈魂，
它們仍在狂喜，纏繞著百葉窗幽閉的黃昏；
它們的種姓，配得上流亡的歌聲。
有一門課程，雜色人生；
學員們，讓我們列隊！齊步！走！
進入那繁瑣的沉重學習。

這些沉浸在蓬亂的寫作中
而把所愛的少女省略在一邊的日子
是多麼幸福！幾乎呈現乳白的奶汁。
我看著群山巨大的暮色爬上細小的枝杈，
一抹清涼的光輝停頓在兄弟的額前。
而那些亂倫的家族，在暴風雨之夜
又一次孔雀開屏。松樹的琥珀
構思出一滴不可磨滅的光。
啊，我究竟保持了什麼？
我曾經在疲憊中沐浴，雪花

旋轉著飄落，消融了一切。

現在，在聞得出艾草和力量的境界裡，

我被驚奇吹拂；一個詞

使我的嘴唇皸裂，如吻別憤怒，

如身披鎧甲，在萬軍覆滅的廢墟中，

左邊跪撐，頭顱向前低垂。

1994.12.18致L・S

我，擁有失眠的身份

我，擁有失眠的身份。我願獻出

一個三角形：堅定的金字塔。

在無盡的旋轉中，它跪向一條深藍的水，

如僕人，用一條未調教好的狗

對著廣闊，撒下季節的哀傷。

今夜，武裝起來的明亮，匪徒般蜿蜒於

水鄉陰寒密佈的千絲萬縷中。

記憶，割開多汁的風，轉身留下凌亂的背影。

噢，釀蜜的腳步盤旋著皮革的沉重，

如掙扎的窗簾隨著劇烈的一扯，便斷了氣。

從我的脈搏上，切得出漢語的命數，

彷彿我是藏身於根部的漢奸，隨時準備

向世界公開靈魂的約會暗號。

在隆隆的接近裡，鐵軌中彈般臥倒，

沿漸漸微弱的往事，濃密如羽的睫毛開始鬆弛。

星光，滴破屋頂：冬天闖入。

寄生於花瓣上的，是最優秀的那滴黑夜，

它引領著擁擠的現實，穿過我的生命。

1994.12.27

入侵的黃昏

入侵的黃昏，水的家園
在危險的葉片上傾斜。
真正的心正從泥土裡向我的身體回歸。
心是一卷被禁的書，因為其中的文字
牽引人們的目光進入了生命，
現在，時間已將文字從一一對應中釋放了出來，
並且融入了光中，穿著塵埃的內衣。

我多麼孤獨，渴望著蕭邦的指尖
為我流淌出一個蔚藍的少女，
信念帶著她在青春的天上飛，
哦，不要下降，請用高度對我說話！
或者使用沉默的海綿，將我吸入寧靜的覺曉中樞。

我正一點點地向著星空活過去，
隨著那株月桂樹一同芳香、明亮和上升，
像盤旋而上的樓梯在休止處
迎來一聲驚歎的目光：隨即，純淨的裸體
瀑布般解開，如銀的寂靜鋪滿一地。

從濕漉漉的思想中所彌散的暮色，
如一條印花布披巾，披在燭光幽幽
閃動的湖泊肩頭：水的每一次湧現
都會打撈出一艘沉船，
經過油漆，煥然一新的往事
又將隆隆的駛離灰塵和遺忘。
入侵的黃昏，水的家園
帶著飢餓的綠，從骨骼走向肉……

1995.6.12致黃祁

種植在曠野上的那片雨

種植在曠野上的那片雨
開始向上生長。魚鱗似的瓦片
在藍霧中像被愛者的臉一樣飛花，
其中一朵，棲息到墨水裡，傳播著痛苦。

那片雨，叫做「上帝的蛇」
因為它無盡的引誘使枝杈繁茂
我已學會了從它陰鬱的窗簾後
找到自己的脈搏，
像少女，從愛的電流中，找回前世的銀飾。
像記憶，以蠍子的一螫，使黎明甦醒。

然而，我的靈魂不願做一把鐮刀，
不願割斷那片潮濕的明亮，
或者，用一張唱片的密紋
從每一滴水珠的表情裡穿過，
一言不發。
但發出編鐘幽幽的清光。

準備好一個鄰居吧，她可能
懷著對禮拜天所有泥濘的熱情

打開了廚門：尖頂上的鐘聲敲得雞蛋一樣滾圓，
那赤足的雨水，已熄滅到了灰燼

而從一陣餐具的碰撞聲裡
我聽到一曲盲目的音樂：
一條雨水的臍帶，演奏著無形的飄泊。

1995.6.19

雨水，將耳朵摘入心靈

一

地主的庭院裡，雨水如白銀。
一片楓葉使秋天提前墜落。
許多微型的能量扼殺著光線，空氣蚊蟲般
隱入精神衰竭，性無能狀態。

那遠道歸家的學生已對痛苦
摹擬了上百次，可仍未配上影片裡的音樂。
靈魂，又一次著了狐狸的魔，跳躍著
加入大合唱。發黃的松針不停地向下彈奏。

支撐房梁的圓柱是儒家幾個腐朽的門徒，
但已無法從它們的肢體上辨認出森林。
此刻，蛛網停泊在視網膜上；
大門吱的一聲沉重，搬動暗處的石頭。

二

傍晚，佈滿蠶繭和絲綢的皺褶；
躲入胭脂的臉，閃過羞怯的淫蕩。
樓梯像醉鬼一樣嘔吐上升。
秋風將窗簾釀成烈酒。

自細膩的紋路裡冒出的樟香煙縷
追逐著螢火：一隻寂寞的坐椅。
攀援的紫藤爬入蚊帳。
悄悄潤滴的月經，染紅海棠。

這線裝書的雨水沒有頁碼，
在雨樹下，聽得見三百首唐詩的節奏
一遍又一遍在瓦片上揉搓、搗打，
沉悶低矮得像井邊的青苔一樣牢固。

三
潮濕地區的信仰不易保存。
石灰僅為封建的尊嚴起保險作用。
刷在牆上的白色，不是心情，而是道德。
道德，一種怎樣與宇宙相處的光學。

群鼠啃齧一切，包括年齡。
夢需用文火慢煮，才會成一劑補藥。
古瓶上的灰塵經過漫長的等待，
終於在一個雨夜，體面地嫁給了女僕。

1994.10.14

天空的夢遺：雪葬

冬雪，它的神經和光
猶如老鼠觸鬚的一陣抖動；
今天早上，它和一位少婦、綢緞、記憶
連在了一起：響著腳鐲的銀聲。

在江南水草上尋找詩人之愛的銀聲，
穿過物質的一代，可能會找到一點幽默，
因為有足夠的鬧劇活躍於舞臺，
同時也因為這場廣闊的冬雪
將陰鬱保存在琥珀裡，供我享用，
供瘦成僧徒的灰燼之子信仰。

可是當雪繼續下著，伴隨
彌天的腳尖、瞬間的潔白、以及犧牲，
這場天空深處正舉行的瑪麗亞・茨維塔亞娃的葬禮
逐漸清晰，顯現出死亡的意義。
在管風琴的燭影裡，詩歌
沒有一絲皺紋，如撲克牌，永遠青春。
而樂隊，在夢遊中擴散著悲哀翻捲的烏雲。

到夜半，石砌的水井開始失明，

（那眼睛，曾清澈過一隊從煤層裡開來的礦工。）

並且寂靜深成了一根針，將歲月刺破，

流出的血，是無免疫力的寒冷；

只有夢想這張畫皮，又透明，又潔淨。

1996.2.27長興

第五卷

隋朝石棺内的女孩

（1999—2008）

一月的清晨

梳子和廚房的創世紀。

濕潤的指尖翻開彩繪玻璃簡潔的第一頁。

這是清晨，街道尚未傳染上噪音。

現在，一月的薄冰在加劇水鄉的衰老，

——那皺紋裡頹傷的城鎮，

像醫院的床單，已病得太久了。

它從磚縫滲溢的氣息，由稻穀、初潮

和斑駁的霞光混凝而成；

也許，可以發現一種失落的生活。

（讓我們用魚鱗的銀光將其瓷片打撈出來。）

從中，地主的女兒和她子宮裡的階級

將得到赦免，而我將得到歷史。

當木紋隨窗子的油漆一同打開，

涼風，依然領著河流走進樹林；

於是我，我的手腕鳥雀般醒來，

像退休的法官，服從審美的需要，

轉動幾個改變我未來命運的電話號碼。

1999.1.9

江南水鄉

當汽車尾煙將最後的乘客丟下，
如一片枯葉捲入昏暗。一股寒氣
混雜著一個沒落世紀的腐朽體溫
迎面撲來。江南水鄉
白雪般殷勤，把寂寞覆蓋在稀落的荒涼中。

伴隨著虛弱的美女，這塊版圖
被鐵蹄和強悍所放逐。逃亡的馬車
停在書卷和蠶繭容易繁殖的湖泊之間，
一息尚存的目光在僕人的攙扶下
朝向侍妾，投去夢幻的一瞥。

於是，在水光月色中，流出了絲綢。
脆薄的撕裂聲，傳遞出貴族們的恐懼。
他們奔逃時的曲折在宣紙上留下轍跡。
對紫禁城的膜拜，對皇權的迷戀，
使宅院的結構，陰黑如一部刑法。

穿過長長的甬道，未來向著過去延伸。
古老的玉器照亮了詩歌，憂鬱的節奏
描繪了春天、奢侈和別離，

他們的一半靈魂，和風俗相融，
其餘一半，被風的鶴影俘虜。

在那朵冬天的雲下，一盆炭火
將熱能一點點消磨於窗格子的鼻息上。
灰燼不停積聚，形成空氣。
紅木道德吞吃著時光的活力。
但從運河的上游帶回了北方的謠傳。

船隻載走了香料也傳來了聖旨。
運河兩岸，燈籠伸出火苗腥紅的舌頭
圍著黑夜吠叫。夜退到了二胡的弦上。
那梅花凋零的旋律用松香的氣味
抓住了一場大雪，從炊煙的懷裡。

陰寒造就了江南的基因，那些露水，
凝成思想的晶體，滲入骨髓。
木匠們將房梁抬高的同時也擴展了
秘密的濕度。從街巷那張多雨的臉上，
忙碌的季節來回掠過白色的翅翼。

夢幻和戰慄，是密集的水網在呼吸，
赤裸的神經枝葉繁茂。
當我本土的腳踩上青石板悠長的回聲，
一股濕潤的興奮，使旅遊鞋導電，
那鞋，曾深陷比睡眠更黑的泥濘。

在茅屋的頭頂，迷茫的月亮
一滴滴漏下鄉鎮的寂靜：記憶在耗盡體溫。
那缺少鹽粒的枯葉在沙沙作響，
似乎準備喚醒警惕的幽靈，從憂傷
走入一棵樹的脈絡，朗誦墓誌銘。

這脾氣古怪的氣候響起了陣陣悶雷，
直到一股黴變的風從一堆垃圾中
颳來東倒西歪的傷兵：繃帶無產者，
生鏽的鼻尖，聞不到溫暖與愛的消息，
他們殘廢的沉默，彷彿時代的旗幟。

此刻，那被速度和集體拋棄的乘客，
凝望著周圍的景色：浪漫綠血的遺產。
他感到腐敗在賄賂他的眼睛，

他可能永遠是生養他的子宮的異鄉人
——江南水鄉，美與夢的氾濫之地。

然而，大雪緊緊握住了天空的廣闊。
一隻火把，扣亮陰陽雙耳門環。
朱漆大門像一部巨書的封面，漶漫的字跡
隱約呈現「春秋」。當剝落的時間
掀動書頁：人間徹夜迴盪著地軸的吱嘎聲。

1999.1.16

日子

那些風光，從每一粒琥珀裡滲出來，
從屋簷下滲出來，從骨骸
和後宮的輕雷中不帶面具的滲出來。

還有寂靜，將銀器擺上餐桌，
用僕人的懶惰凝想遠方。
遠方，可能有水，剛剛發芽
就準備流淌。

為一個日子微微搖擺它細小的蛇腰。

不錯，樹枝是對的——
讓葉片站在高處，托住鐘聲。
沒有銅從早晨掉下來，
也沒有羚羊奔出鄉村的牆壁。

只有方向，在迷失，在迷失，無限的迷失；
只有郵局，傳染著傳染著風俗。

1999.1（給晨瑜）

雉城

太湖。雨水。油膩的錢櫃。
我的人生就這樣毫無防範的遺失了。
在此,我的才華被理髮店
修整的雜亂無章;
蒼涼的前額,穿過節氣、絲綢和酒色,
穿過集體的細菌,
如送葬的哀樂。

就這樣,屋瓦上的靜穆
將天空揉碎,撒下水面。
剌中的日子,隱隱作炎。
和風暴一起藏匿於貧乏中心,
像一個繼承者,
繼承了幽靈的圈套,
晝夜遊蕩於長髮之間。

生活。雖然並非殘羹冷炙,
但畢竟是我們從墓碑後撿來的。
前輩們剩下的,包括少女
她們被美化的心跳
壓迫著城鎮,傷神的目光

在編織雨網。
如一條與水草相伴的鱸魚，

用鱗片注視著鏽蝕的星空，
我緩慢的腳步正形成灰燼。
孤獨太冷，需要一盆炭火，
移走十二月的寒冬，
溫暖我血管裡的液體江南地圖。
多年來，我一直繪製著它，
如一根羽毛梳理著肥厚的空氣。

1999.2

致郊外的一位女孩

一

那封裝入驚嘆號的信
已經發出了。它正旅行在江南的深冬，
私奔於郵差皸裂的手上，實際上
它隨一陣雨，凝固成一塊藍玻璃，
因為其中激動的泥濘氾濫，
因為你的眼睛認識了寒冷。

二

往事與隨想，在靜靜地交配、產卵。
來年春天，那些新生兒會漿果處處。
你聞到時光衰老的腐味了嗎！
我想用葡萄架上那瓶尚未釀造的酒
酬報你的日子，以及
髮夾一樣燙手的真實。

三

你的腳，應該是一雙赤裸的夢，
在咳嗽的石子上顛簸。
患肺炎的小路，通往月光之域，

野雞之城。那些冒牌孔雀
其實也懂得愛，懂得危險的溫暖
──在一部疲憊的偵探小說裡。

四

頹傷的南方小鎮，沒有一位女友，
只有憂鬱的裁縫和一扇慵懶的窗。
一切，包括節氣，都踩在青苔上。
然而，我遇見了水，一種
可以滲出孤寂的著魔的肉體。
我期望你的夜是其中一滴。

五

作為陰鬱氣息的童養媳，
你的目光含有夢幻的鞭痕。
一件受虐的內衣，浸染紅色霞光。
當手指熟練的將你導向「初次」，
我看見你的靈魂在天空下狂奔，
像一棵樹抖顫出奇異的感激。

六

一封信，像一匹白馬，從杭州到郊外，
從我到你，消失在雪裡。
馬背馱著飛掠而過的瞬間關懷，
抵達一處空曠的院落，那兒
風鈴的靜默，屋簷的迷茫
都在生長，觸及疼痛嫩黃的芽。

七

另外，我用古典的歉意坦白：
我的孤寂是一具小小的樟木棺材，
其幻影來自一個透明的梯子。
尋找自身的少女，我應該
向你開啟完美的骨灰甕，
但你首先得通過嫁娶之門，霜降之迷。

八

郊外的雨，算是你的親戚，
但你得用一頓晚餐幫它們付帳。
善變的愛情也無法更改你的

出生地址。但有一隻狐狸

會竊走你破敗的命運，

將清新的聲音灌入你的耳朵。

九

與早晨的梅花有關的你的同事

知道一些蠶繭和睡眠的事情，

以及傷寒和灶火間的對話。

在同樣的憂傷打擾你們年齡的地方，

空洞的黃昏那顆古怪的心

似乎一直在撫摸，撫摸著生死。

十

不朽的厭倦囚禁著我們。

學校鏽蝕的鐘聲撞擊著磚牆，

像白雪，露出班駁的未來。

你依然和影片一樣，用青春的奶

餵養環境。遠離頭版新聞，

遠離城市公共汽車那無智慧的迷宮。

十一

夜晚，在一本燙金書的影子裡捲刃
燭光領來無力的思想。
我缺鈣的語言，仍然失眠，
然而，純潔的女教師，我發現
你留宿的肉體──向著懸崖在背叛你，
而黑的疼痛在用江南之手寫著你。

1999.3.5

給一位女孩

我喜歡一個女孩。

我喜歡一個黑巧克力一樣會融化的女孩。

我旅途的皮膚會黏著她的甜味。

我喜歡她有一個出生在早晨的名字。

在風鈴將露珠擦亮之時,

驚訝喊出了她,用雨巷

夢遊般的嗓音。

我喜歡青苔經過她的身體,

那撫摸,滲著舊時代的冰涼;

那苦澀,像蘋果,使青的旋律變紅;

使我,一塊頑石,將流水雕鑿。

我喜歡一個女孩的女孩部份。

她的蠶蛹,她的睡眠和她的絲綢

——應冬藏在一座巴羅克式的城堡裡。

讓她成長為女奴,擁有地窖裡釀造的自由。

我喜歡她陰氣密佈的清新吹拂記憶。

她的履歷表,應是一場江南之雪,

圍繞著一個永遠生鏽的青年,

一朵一朵填滿他枯萎的孤獨。

2001.1.30現場即興

初春

郊外的初春被薄冰領著
到了水邊。幼小的反光
說明一切都是新的，包括殯儀館。
死亡也像剛換上了衣領，顯得潔淨。

冷，囁嚅著，謙虛著，
鬆開捆綁的人質。
我只想用一片處女膜交換整體。
也許，我僅僅受雇於潮濕的綠火，

一陣一陣的燃燒。灰燼
現影於寺院的牆上，
是錯誤的寂靜；
其中的疼痛，清澈見底。

我祈求一種魔術：
讓鏡子搶救出來的嫩芽
找回泥濘，我的目光
像父愛，均勻地塗抹著她們。

2001.1.31

莫名的紀念

一個繡著梅花的午後，
埋著白銀，在無名的地下。

當風小了，小得像一雙新鞋，
穿過遊廊和嚴肅的廳堂，
你可知道，你七歲了。

七歲的肉體，內斂著光澤；
空氣像脆薄的綢緞
尖細的撕裂。

池塘裡的水和屋簷下的雛燕
都因寂靜而理智；
只有鐘錶後的學徒
頭腦一陣暈眩。

2001.2.27

鄉
黨

離開之前，你就早已把老家回遍。
現在，你能回的只是一堵
被雨水供養的牆壁。
在斑駁中，你幻像般真實。
往事彎下威脅式的膝蓋向你求愛；
你退避著，縮小著，吞嚥著生鏽的奶。

鄉黨，我也是一道填空題；
在月光鋸齒的邊緣晾曬街道。
石板上的鹽，並非可疑時光。
出嫁的屋頂，僅僅是翅膀在收租。
而從雕花門窗的庭院裡，不經意的會流露
我們細小的外祖母封建的低泣。

不過，你將會受到迷信的宴請。
不必去破除那些落葉紛飛的軟弱。
即便你能把吉他彈奏出黃昏的形狀，
也不會有一根弦為你出生。
在我們縣衙貪婪的裙底，
仍是發黴的官員在陣陣洗牌。

一年四季，仍是名副其實的徒勞。

然而，當你再次回來，準備鞠躬；

鄉黨，我將像一枚戴著瓜皮帽的果子，

送你一副水的刑枷，我已經

被銬住示眾多年。還有，讓修正的眼光

領你去觀賞：太湖，我的棺材。

2002.1.25致何家煒

她的簡歷

她的記憶裡有一根燒焦的羽毛，

也許，不止一根。

她需要一把江南木梳。

許多年冬天，她固執己見的哮喘

像皇后的脾氣一樣優雅的發作。

遭殃的不僅是周圍的弄臣，還有鄰國的主權。

一天她醒來，感覺無端的晶體

掛在眼角：預言了一場近視的愛情。

然而，更昂貴的悲劇卻是──

特洛伊焚毀之後，廢墟成了她的情人。

由此可見，她會使用一瓶有墓穴味的香水。

我對她的瞭解幾乎為零，

但卻像一位蒙面的考古專員，

僅憑隨意撿起的幾塊瓷片、一二根絹絲，

拼湊她還黏著土的肢體：

她的性別，出生於70年代。

她的濕潤度，源於一位船長，她的父親。

還有一筆債務，屬於她家族一段難言的隱痛，

她將用羞怯和顛簸償還一生。

在她成長的病歷卡上，有一頁

記載著一位著名而潦倒的人物；

暫時，他尚是啟示錄裡一只朽壞的羅盤。

關於聰慧，我不想用一面鏡子來談論，

這樣會使她的血液雙倍流逝。

當年，夢與絕望這對馬蹄

踏破小魚村腥味的空氣。

她，蒙族的後裔，終於對草原有了交代；

就像句號找到了歸宿，

她懂得了寫作使霞光燦爛。

但，仍有一片薄冰決定不屑於原諒她。

如同她把不眠的手移居到海底，

不屑於回答陸地上的聲音。

她，正用多餘的漫長，教育著那遙遠的陌生人。

2002.2.5致BYT

隋朝石棺內的女孩

日子多麼陰濕、無窮，
被蔓草和龍鳳紋纏繞著，
我身邊的銀器也因瘴氣太盛而薰黑，
在地底，光線和宮廷的陰謀一樣有毒。
我一直躺在裡面，非常嫻靜；
而我奶香馥郁的肉體卻在不停的掙脫鎖鏈，
現在，只剩下幾根細小的骨頭，
像從一把七弦琴上拆下來的顫音。

我的外公是隋朝的皇帝，他的後代
曾開鑿過一條魔法般的運河，
由於太美了，因此失去了王國。
聖人知道，美的背後必定蘊藏著巨大的辛勞。
我的目光，既不是舍利、瑪瑙，
也不是用野性的寂靜打磨出來的露珠；
但我的快樂，曾一度使御廚滿意；
為無辜的天下增添了幾處魚米之鄉。

我死於夢想過度，忠誠的女僕
注視著將熄的燈芯草責怪神靈，
她用從寺廟裡求來的香灰餵我吞服；

我記得，在極度虛弱的最後幾天，
房間裡瀰漫著各種草葉奇異的芳香，
據說，這種驅邪術可使死者免遭蝙蝠的侵襲。
其實，我並不是一個無知的九歲女孩，
我一直在目睹自己的成長，直到啟示降臨。

我夢見在一個水氣恍惚的地方，
一位青年凝視著繆斯的剪影，
高貴的神情像一條古舊的河流，
悄無聲息的滲出無助和孤獨。
在我出生時，星象就顯示出靈異的安排，
我註定要用墓穴裡的一分一秒
完成一項巨大的工程：千年的等待；
用一個女孩天賦的潔淨和全部來生。

石匠們在棺蓋上鐫刻了一句咒語：「開者即死」。
甚至在盜墓黑手顫慄的黃土中，
我仍能清晰的分辨出他的血脈、氣息
正通過哪些人的靈與肉，在細微的奔流中
逐漸形成、聚合、熔煉……
我至高的美麗，就是引領他發現時間中的江南。

當有一天，我陪他步入天方夜譚的立法院，

我會在臺階上享受一下公主的傲氣。

2002.6.8給陸英

白雲庵裡的小尼姑

冬日之光停留在瓷碗的釉上，
一朵菊花，播下了曖昧的種子。

你低首，從佛龕裡無語的走下，
樸素的曲調，一塵不染。

我知道，你是信仰的防腐劑、小家奴，
影響著來世的氣候。

如果我是一位年輕初學的園丁，
剛從一陣不雅的芳香裡直起腰桿，

那麼，我的笛音就會認出，
你是被晨風點名的女生——

清新的臉龐，無所事事的天空，
燦爛的肌膚把祖母忘得一乾二淨。

祈禱跪毯精細的蓮花圖案，
已被你的膝蓋磨損成經文。

然而，你滿月之時的咳嗽，
是否會照亮我墓誌銘上的瑕疵。

2002.7.1致陸英

秋祭

靈隱寺的鐘聲散落到城裡。
疲倦的枯藤，倚靠著城牆根睡去。
有暗藏毒藥的指甲縫，
浸在了皇子的酒杯裡，
秋天呵，成灰的秋天，
將菊花含在了月光的嘴裡。

庭前的舊水缸，盛著一場明代的雨：
是巫師留下的一頓晚餐，
是憂鬱呈獻在江南案几上的供品。
微薄的彩禮，合乎道德。
秋天呵，神農氏的秋天，
用蒼涼紡織著閒置的耕田。

去年的學徒，仍將沉默保持得黑瘦。
當花轎停在表妹的抽泣裡，
陣陣嗩吶顛覆著童貞，
只有紅燈籠，是西風的姐妹。
秋天呵，革命的秋天，
一批一批的活著在死亡。

在時光多餘的腿上，夢在撫摸木頭。

小小的窗子，彷彿是茴香所打造的

一種眺望；

探出身子，有一半是狐狸。

秋天呵，京都的秋天，

嬪妃們的要求已不能實現。

2002.11.15給宋琳

梅花酒

那年，風調雨順；那天，瑞雪初降。
一位江南小鎮上的湘夫人接見了我。
她說，你的靈魂十分單薄，如殘花敗柳，
需要一面錦幡引領你上升。
她說：那可以是一片不斷凱旋的水，
也允許是一把梳子，用以梳理封建的美。
美，乃為亡國弒君之地，
一彎新月下的臣民只迎送後主的統治。
這些後主們：陳叔寶、李煜、潘維……
皆自願毀掉人間王朝，以換取漢語修辭。
有一種犧牲，必須配上天命的高貴，
才能踏上浮華、奢靡的絕望之路。

她說這番話時，雪花紛飛，
在一首曲子裡相互追逐、吻火。
我清楚，夫人，你曾歷遍風月，又鉛華洗盡；
你死去多年，人間愈加荒蕪：夢中沒有狐女，
水的記憶裡也沒有驚鴻的倒影。
根據一隻龍嘴裡掉落的繡花鞋，
和一根絲綢褪色的線索，
我找到了你，在清涼之晨，在荒郊野外：

你的墳墓簡樸得像初戀的羞澀，
周圍的青山綠水滲透了一種下凡的孤獨，
在我小心翼翼的目光無法觸摸之處，
暗香浮動你姐妹們的名字：蘇小小、綠珠、柳如
是……

夫人，雖然你抱怨了陰間的月亮、氣候，
以及一些風俗和律法，
但唯有你的死亡永遠新鮮，不停發育。
從詩經的故鄉，夫人，我帶來了一瓶梅花酒，
它取自馬王堆 1 號漢墓帛畫的案几中央，
據說，釀製它的那位畫工因此耗盡了魔力，
連姓名也遺失在雪裡，融化了。
我問道：是否我們可以暫時放下禮儀，
在這有白玉和金鎖保佑的乾淨裡，
在這鳳凰靈犀相觸的一瞬間，
讓我懺悔、迷醉，動用真氣，動用愛情。
唯有愛情與美才有資格教育生死。

2003.1.23給柯佐融

夢話從前

細雪將黎明打磨成銀子；
一片虛弱的水，在說夢話：

是螞蟻的眼光，在照亮前途；
是古董商的陰謀，在佈置婚禮。

恰似「鳥初叫，花貴了」之時，
蠶眠在繼續，生命在彷彿：

從前，我旁邊有床被子晾著，
夜雨裡還有破瓜聲和肺炎呢。

從前，他們交給我青春：
臨時搭建的天空，簡單的藍天、白雲；

哦，還有戰地護士的春天，
原野上崇高的忙碌；

一種束手就範的心跳，
轉瞬就在骨子裡吹拂徹底的薄情。

從前，冬日正設法穿過人群，
逐漸使鋒刃增加一點人性。

貞潔牌坊立起在鎮子中央，
道德被雕刻得無比精美。

2003.1.25致江弱水

童養媳

風鈴送來了一朵小雛菊；
禮物還嫩黃著，在土地廟隔壁，
她將蜘蛛分泌的寂靜據為私有。

患了水鄉幽閉症的寂靜，
身份低暗，只配做童養媳。
如同一枚銀幣沉入甕底，
她絲質的處女手腕，
有滑潤的血痕，透亮如玉。
不是虐待留給官府的證據，
是那揪心的美，在搬弄是非。

當軍閥和馬蹄進駐城裡，
經常可聞四世同堂的顯赫家族，
被悲劇抄了家。

唯剩後花園，露珠像語錄
一閃一閃。瓦礫
巧妙地傳遞著潮濕和微光。
似乎永遠有一座戲臺，喧鬧著。

夜風送來了一樁買賣，

愛情的買賣，趁她童年熟睡之際。

2003.5.19給顧慧江

香樟樹

煙花、螢火蟲和山坡

還有初戀的口紅

還有我用琥珀保存的鄰家女孩：

一切，都被劣質海報溫暖過，

在老城區，

在護城河黑濁的注視下：

一切，都有名字，

被稚嫩的喉嚨喊過。

我承認，拷打我、逼迫我成長的刑具

——是江南少女

濕潤的美貌讓孤獨叢生。

我承認，我談論的僅僅是

一棵香樟樹，

它鬧鬼、衝動、尚未枝葉飄搖

但它的清香已把空氣抽打成一片片記憶：

隨腹部受孕的悸動，

將背叛蔑視到遺忘裡。

2003.10.31給王瑄

小城之秋

梳妝匣裡薄荷味
告訴你的臉「早晨了」。

那藥渣一樣亂棄在巷口的
霞光：點煙的姿勢出自國產影片。

一支哀曲在往事的簇擁下，
從圖書館到石拱橋，經過中藥鋪。

我看到你體內瘦小、冰涼的陰影，
抬著一具樟木棺材。

埋葬的不是愛情，
是淡水魚類：一面太湖龍鏡。

它照亮生活虛構的真實，
和末代皇帝的墓穴。

將靈魂附體在福字圖案的木窗櫺上，
它更本質，也更重要。

2003.10.11致黃祁

吐峪溝村

一

三月，苜蓿的嫩芽甦醒。
尚未認識羞恥的陶罐，
熟悉每一位汲水少女，
她古典的手腕、紗巾和撫愛。
那股淡淡的睡眠味道，
將灶火和祈禱交織進黎明。

憑藉年老，治療瘡疾的獸醫
爬向陰影。
然而，亙古迄今，山巒的坡道依然陡峭；
肉感的火，潑灑在岩體上。
一千零一夜的魔法隨處可見。
沒有蘋果樹，也沒有蛇。
布穀鳥叫聲之後，
大峽谷一片空寂。

翻開伊斯蘭教編年史，
你查閱不到哪一年、哪一天，
這座小小的維吾爾族村莊，
從黃土裡生長了出來。

寧靜是它的胎記。

瓦藍的空氣裡有一張封條，

蓋著印章，模糊的字跡好像是

「聖地」或者「葡萄園」。

一座隱藏著神秘信息的中世紀迷宮，

它裡面只有停滯的空間。

村後那架水磨會告訴你，

時光怎樣分岔、倒流、消失和重現。

透過朽壞的木格子窗，

拱廊下的一缽石榴汁，

保持著美好酸甜的和平：

既不示威，也不投降；

既不拒絕，也不歡迎；

一頭液體的綿羊。

一種敬畏信仰的秩序。

如同郵差的身影會帶來創傷，

村子中央那棵巨大的桑樹

帶來了天空；

一群振翅的鴿子

雀斑一樣單純、幼小，
在季節的庫房裡，
它們用輕盈收穫著棕色氣流。

二
村民們唯一的貨幣：葡萄
在壓碎之前，藤蔓的濃蔭
會把用以納稅的羊羔輕輕庇護。
一無遮攔之處是山坡上的墓地。
神聖來自奇蹟。
七位穆斯林聖徒在此升天。

靈魂的活水可以救治麻痺的土。
當狂飆進入這神秘之谷，
沙沙翻動《古蘭經》樹葉，
我作證，在東方破曉，
清真寺的圓頂微吐月牙之際，
一位九歲的女孩跪向真主，
感恩、讚美、懇求和稟告。

晨寒從晾房到屋頂，

從臺階到走廊、閣樓，

從吱嘎一聲打開的土路

到突然上升的通道，

沙漏般滲入黃黏土夯成的深邃王國。

這是一種保持著聖潔狀態

面紗下的傳統。

彷彿為天堂寂滅的瑪瑙。

沒有哪一輛馬車運載來的東西，

會增加塵世的重量。

只有簡衣陋食的朝拜者，

虔誠的激動一浪又一浪，

高過木卡姆樂舞，

高過黑暗和詛咒。

然而，當我騎著驢、帶著貪念

進入土峪溝大峽谷，

像一隻19世紀殖民主義的老鼠，

就會有陣陣惡夢聖戰般泛起。

那蜂巢般密佈的石窟寺，

那王羲之時代就點燃的鼎盛香火，
已是一片上鎖的遺跡，
僅剩壁畫裡的一陣排簫
誘發著祥雲、彩虹；
也偶爾有匿名的風
在星光下覓食。

一切都在祈福消災，
包括懸垂於半空中的落日。
它目送著越來越小的孤獨，
沉落到視力之外的虛無戈壁。

2004.3

風月無邊

從西湖裡撈出的小肉蟲，
粉紅，可愛，像春捲。
——題記

無邊風月，像一塊墓碑，
像桂花所培育的影子，
用繡花鞋在世間繡出難言的火焰。

我不是戰士，我出生，
做了青山綠水的人質，僅僅
為裁縫和小丑，為美與快樂；
也為了愛情，配得上晚禱的鐘聲。

但我不知道是否對得起葬身江南的
每一個節氣，每一片水光；
對得起葬在奢華裡的夢想帝國。

一個從西湖裡探出頭腦的幽靈
隱秘透露：「才華那巨大的寶藏
選中你為唯一的繼承人。」

哦，風月無邊的誘惑，

無邊風月正統的奴僕，

我將保持清澈、單純，

我將學會謙虛、謹慎，

在欲望那絢爛的豹皮所覆蓋的城市，

用一張隱喻的網，

捕捉虔誠、吻、悲劇，

捕捉妹妹感官的危險。

2004.3.13給宋楠

蘇小小墓前

一

年過四十，我放下責任，
向美作一個交代，
算是為靈魂押上韻腳，

也算是相信罪與罰。
一如月光
逆流在鮮活的湖山之間，
滴答在無限的秒針裡，

用它中年的蒼白沉思
一抔小小的泥土。
那裡面，層層收緊的黑暗在釀酒。

而逐漸渾圓、飽滿的冬日，
停泊在麻雀凍僵的五臟內，
尚有磨難，也尚餘一絲溫暖。

雪片，冷笑著，掠過虛無，
落到西湖，我的婚床上。

二

現在蘇堤一帶已被寒冷梳理，
桂花的門幽閉著，
憂鬱的釘子也生著鏽。

只有一個戀屍癖在你的墓前
越來越清晰，行為舉止
清狂、豔俗。衣著，像婚禮。

他置身於精雕細琢的嗅覺，
如一個被悲劇抓住的鬼魂，

與風雪對峙著。
或許，他有足夠的福份、才華，
能夠穿透厚達千年的墓碑，
用民間風俗，大紅大綠的娶你，

把風流玉質娶進春夏秋冬。
直到水一樣新鮮的臉龐，

被柳風帶走，

像世故帶走憔悴的童女。

三

陪葬的鐘聲在西冷橋畔

撒下點點虛榮野火，

它曾一度誘惑我把帝王認作鄉親。

愛情將大赦天下，

也會赦免，一位整天

在風月中習劍，並得到孤獨

太多縱容的絲綢才子。

當，斷橋上的殘雪

消融雷峰塔危險的眺望；

當，一座準備宴會的城市

把錨拋在輕煙裡；

我並不在意裏緊人性的欲望，
踏著積雪，穿過被讚美、被詛咒的喜悅：
恍若初次找到一塊稀有晶體，
在塵世的寂靜深處，
在陪審團的眼睛裡。

2004.12.3杭州，大雪，給宋楠

小男孩

小鎮上有鹽粒和白光，
有膽怯、卑微的泉源。
一個小男孩，坐在門檻上，
潮濕的身體，長著眼睛；
那塵埃般疼痛的臉，
憂鬱、無辜，
瞬間流過絕望的意義。

他是一只柚子，
一九七三年秋，被母親從山林裡
虛構到喧鬧的人間。
比起鐮刀上的鏽斑，他更懂憐憫；
比起風中的姐妹，他的禁忌
尖銳而寂靜；那一刻，
水光齧斷了他的呼吸。

也許，一個謎，一個悲劇的時辰，
才能解開他的繩索，
那繫住生命手腕的火焰。
但祝福依然是鳥啄：
在早晨的斜坡上，陰影釋放出

墓碑、露珠和眺望，

還有一份聖餐；

哦，還有他前額奉獻的羞愧。

他坐在門檻上，一個小男孩，

注視著鬼魂幸福的舞蹈，

拒絕成長，因此，他愈加成熟。

他匿名活在一首詩裡，

在一首詩裡暈眩、吻，

並承接不可複製的水滴。

2005.1.21給泉子

進香

一

從蛹到繭，再抽絲織錦，
北風把水鄉又吹亮了一遍。
多病的桑樹林也長高了一歲。

有蟲咬痕跡的末代村姑
更憔悴了，
清新的早點也做糊了。

冥想著青豆、絲瓜和糖糕，
我像一桿廢棄的秤，
已計不準婚姻的重量。

現在是，佛門廣闊，紅塵窄小。
積雪上無辜的爪印
讓我顯形，如一枝臘梅，

來到修煉成佛的真身金像前，
進香、跪拜、許願，
思想已在我的命裡種下幾縷虛煙。

二

水做的布鞋叫溪流，
穿著它我路過了一生。
上游和下游都是淡水。

我的墓碑，可總結為：
一張透明的臉，
一種永不生鏽的魚腥味。

此刻，冷風把我吹到山頂上。
大雪在通往樹林的中途，
留下純潔；

使我得以在一片白色裡窺視，
巍峨的苦難，
所負載的萬象。

願這塊地藏王指揮下的誦經工廠，
雲靄繚繞，掙脫引力，
教我學會愛的安詳。

2005.2.17給楊嶺

天賦

我的天賦是水，
是一片被竹子和魚鱗點燃的活水，

它嫩得寂靜，又亮得曖昧。

如一條血龍，一支苦笛，
脆弱在江南最後的輓歌裡，
脆弱成青花瓷瓶、白玉簪子，
並隨點點清寒的砧聲沒落、陰鬱。

我的天賦是天上之水，
是被春光望穿的秋水，

它融入了祖母的初戀，妹妹的孔雀開屏，
也融入了風鈴對童年無盡的眺望，

和雲鴻塔所呼吸的山野之氣。

終究，我的天賦會超越水

和水，用世俗的

一地雞毛，將房梁抬高。

2005.5.3杭州

炎夏日曆

一

江南，仍是免費的憂鬱。
比起杜甫得到的戰亂和顛簸，
我遜色如一位窮親戚，
口袋裡只有偏僻的水光、山色。

或許還剩一張貓臉，
把美懶惰成九條命；
其中一條，在為愛情召魂，
用一支馱在牛背上的竹笛。

二

疼痛的芭蕉葉知道，
七月會在庭院裡熄火。
睡在床單上的寂靜，
犯下了夢姦罪。

似乎皮影活動的側光，
微照天宮圖；
彷彿雷雨，那炎夏唯一的毒吻，
給了我格調低下的安慰。

三

小貨郎放下了撥浪鼓，
也不見幸福誅連了什麼。
杭州府，無言的蓮心瘦了，
西湖的淤泥肥了。

我，蝶戀花的後人，獨自
構成了一座水的博物館。
孤單的記憶收藏了，
集體的無邊風月。

四

我的年齡已黏上了灰塵，
朋友們大多也已疲倦。
等在雨巷盡頭的那把油紙傘，
名字叫紫丁香。

像一葉腫脹的帆，
我航行在酒桌上；
心情受蚊蟲叮咬，
碎銀在店小二的黑手裡消融。

五

從時代洩露的小道消息說，
偶像用失戀來避暑。
我與時尚勾結、尋歡，
已二月有餘。潮流又換了一茬。

我終於謀殺了牙醫，
用一顆愛情的壞牙。
他逕直穿過炎症進入酒吧，
匆匆忙忙去享受無可救藥的絕望。

六

被空虛消費之後的城市，
殘留下一把梯子，通往暈眩。
想起杜甫，我的一次前世，
喜歡蓴菜和菊花，

也喜歡晚蟬將窗櫺雕刻。
精美的苦難並不罕見。
一條床單的性感褶皺，
其中灌滿了閃電。

七

適合金牛座上烹調課的一天。

沒有私生子，沒有偉大，

實木地板清潔的光，

把風暴撫平成小夜曲。

我困擾於自身的流亡，

一臉的千山萬水茫然若失。

不屑於勇敢，對著漸行漸遠的背影，

一路的酸痛在鋪展。

2005.8給方石英

簫聲

一

這時，一抹寒帶的晚霞，
在果園裡尋根；

一條被駝背調戲過的杏花河，
將掌故洗淨；

深愛菜場的窗戶，
開向舊時月色；

在江南綠色琉璃的底座上，
小母親受了水精子的孕。

這時，一支陪葬的銀簫，
從餘溫裡吹起，

那生命微微起伏的褶皺，
浸泡著完美。

追憶光輝的冬日寺廟，
負有贖罪的責任。

二
那吹簫的女生是個幻影，
微弱的氣息尚未接通陽間。

她吹著，曲調悲喜交織，
斷斷續續描繪了季節的飄零；

荒涼的帝國，
像掛在蛛網上的愛情屍體；

一個民族幾代人的稅收，
只精製了二三隻木魚。

她穿著一件金縷玉衣，
肉身隱匿成謎。

像黎明光線下的時尚英雄，
她陷入了寂靜的十面埋伏。

永不腐爛的仇恨力量，
在嶄新閃亮。

三
在打磨了不含水晶的露珠，
和粗糙的悼詞之後，

在飽食了吳越風情，
醉飲了奢靡的氣息之後，

她雨水的嘴唇，
有了喜氣。

她發著情，
身體像一隻柔軟的蜜罐，

她在一幕悲劇的高潮裡發著情，
不顧階級利益，

也無視一支用以屠殺的軍隊，
行進的意志。

歲月在簫聲裡忽隱忽現，

一種悲愴拯救了此刻。

2005.12給王音潔

梅花開了

梅花開了，才知道還有家鄉，
才記起還有情事未了。
他只會叫她名字的一半，
或許，她已從繁體簡化到優雅，
像清涼寺的雪，
散發出禁慾的青草香。

帶著歉意，安靜的心
微微送別；
送別疤痕裡的深淺隱痛。
歲月，熱鬧而懷孕著，
敲門聲有著姓名，
連枝條上的脆弱也呼吸善良。

平庸的空氣所認同的地方誌，
不會記載茶館裡的流言。
梅花開了，道德依然貧瘠，
那些粉紅的信箋上只寫著一個字：愛。
愛，這個小小的非凡的主義，
塵土堅持了最久。

無奈的，俗世的聖徒，

穿過鞭刑密集的花雨：

孤獨使他的臉很遙遠，

人們只能吻到東方星空的味道。

梅花開了，寒冷熟了；

往昔重了，愛情寂靜。

2006.2.20致北島

ZXH畫像

一

一位小女孩，不懂烹飪和私奔，
就試圖流淚了，
在啼笑皆非的鎮子裡，
春綠了。

天邊的景象，
不是你看得清的家庭悲喜，
是一股煎熬封閉的味道糾纏著月亮。

如何做潮濕事物的同齡人，
又如何把戀愛搞成會客廳，
她努力著，
學習虛度光陰。

一個清晨，她突然野蠻，
將夢想又重新翻譯了一遍，
使一首古詩變成了一紙悔過書，
隨即，她彎下腰，
向謙卑作檢討。

二

她有擦不去的，訪美的痕跡；
比如，一只蘋果，一件潮汐的內衣；
再比如，小野豬的激情。

哦，一部外交史，
才可滿足她永不憔悴的心力。

當她輕盈的腳步，
養肥了春光；
當微涼的雨絲，
打開了她菊花的體香，
淡淡的、低調的反對著革命。

那些化了戲妝的姐妹，
敏感區域的鏡子，
無法取代她，
痛苦也不行。

三

河流清澈了，也虛弱了，
她說，放假了。

寂靜從她的頭頂掉落下來，
聽不到尖叫，
也沒有漩渦，
把年月捲入繁華的集市。

龍舟，優雅的停泊在榮耀裡，
燃燒的水光是那麼乾淨。

她知道，孤獨，憐憫，酒等等，
都是些木柴，點著了
就阻擋不了它們的凝視、奔流。

一切，僅僅希冀她，
在浮世
分泌出一個彩繪的家。

2006.5.3

短恨歌

把恨弄短一點吧，
弄成釐米、毫米，
弄成水光，只照亮鮭魚背上的旅行；
弄成早春的鳥叫，
離理髮師和寡婦的憂鬱很近。

不要像白居易的野火，
把雜草塗改成歷史。
也不要學長江的兔尾，日夜竄逃不息。
更不要騎蝸牛下江南，纏綿到死。

把恨弄短一點，
就等於把苦難弄成殘廢，
就等於床榻不會清冷。

在孤獨紛飛的柳絮下，
愛情是別人的今生今世，
即便我提前到達，也晚了；
即便玉環戴上無名指，
恨，也不關國家的事。

2006.8.20

飲食：致青海馬非書

一

多年前，餐飲界沉寂，
魚蝦們有一副天然的水棺材。
浙北縣城裡，少女素雅成菊花、茉莉，
而我試圖做太湖小流氓，
可不太成功。

我承認美食比愛國重要，
因此，從地下的歷史到土上的腐朽，
我唯一致敬的是家常菜肴：
由母親或被冷落的賢妻，
加入蔥醬製成。

二

多年後，娛樂業掌權。
連青海湖也是一只旅遊錢櫃。
小湟魚像金條儲量稀少，
被閒置的網覬覦著，
缺氧且危險。

從不酗酒的青藏高原，
總戴一頂暈眩的帽子。
紫外線，比國家利益還炙熱，
煮熟青稞和信仰，
一種純正的清真食品。

三
古人用一顆文心來雕龍。
今晚的丈夫，最愛煲小丑魚頭湯。
並且有無限的江河湖海，
在為胃口撐腰。
可春去秋來，一切歸於零。

現在，碗裡盛著各種味道：
從太湖到青海湖，
從淡水到鹹水。
飲食之道，乃為生命的慈航。
似乎，老灶火忽閃著美好。

四

當一切歸於零，說明

輪迴已上了另一個台級。

比如從食肉動物轉化為素食主義。

從享樂饕餮到營養菜譜。

但洋蔥的刺激會迷亂心智。

情慾不過是一道甜點，

戈壁的風沙

或江南的越劇才算是主食。

可以把爭議放在餐桌盡頭，

讓幽靈們肆意評說。

2007.12杭州

同里時光

青苔上的時光，
被木窗櫺鏤空的時光，
繡花鞋躡手躡腳的時光，
蓮藕和白魚的時光，
從轎子裡下來的，老去的時光。

在這種時光裡，
水是淡的，梳子是亮的，
小弄堂，是梅花的琴韻調試過的，
安靜，可是屋簷和青石板都認識的。
玉蘭樹下有明月清風的體香。

這種低眉順眼的時光，
如糕點鋪掌櫃的節儉，
也彷彿在亭臺樓閣間曲折迂迴
打著的燈籠，
當人們走過了長慶、吉利、太平三橋，
當樂聲讓文昌廟風雲際會，
是運河在開花結果。

白牆上壁虎斑駁的時光，

軍機處談戀愛的時光，

在這種時光裡，

睡眠比蠶蛹還多，

小家碧玉比進步的辛亥革命，

更能革掉歲月的命。

2008.3.13給長島

錦書之一：立春

一

立春。郵差的門環又綠了。
壁虎也在血管裡掛起了小的燈籠。
寒氣貼在門楣上,
是紙剪的喜字。
祖母在談論鄰家女孩的蛀牙,
聲帶佈滿了褶皺。

我的書法沒什麼長進,
筆端的墨經常走神,滴落在宣紙上,
化開,猶如一支運糧的船隊。
它們也該向京城出發了。
我給你捎去了火腿一支、絲綢半匹和年糕幾筐,
還有家書一封。那首小詩
是我在一個傍晚寫成的:門前的河流
讓鎮上的主婦們變得安靜,
河水拐彎熟練得像做家務。

不遠處,就要過年了。
節日的氣氛整天在我身邊忙碌。

似乎櫥裡的碗也亮了許多。
至於庭院裡的那株臘梅，
喧鬧得有點冒昧，又有點羞愧。

每當夜風吹過，就會有一陣土腥彌散。
水鄉經過染坊的漂洗，
成了一塊未出嫁的藍印花布。

二

解凍之時，木犁
或者蟲蟻疏鬆著泥土。
當然，還需檢查地窖陰暗的濕度。

今日，在管家的安排下，
全家都在擦拭、掃房和沐浴。
女童的緞鞋則像剛開封的黃酒，
匆匆穿過精巧的遊廊，
在空氣兩旁刺繡出瑞香與迎春。
你知道，在這欣欣向榮的柳風裡，
我應該擁有梳洗打扮之後的心情。

但是，衰老的冬天仍有著苛刻的寒冷。

三更敲過之後，整座府院

就掉進了一幅「寒江釣雪圖」。

牆上的古箏，荒蕪又多病。

火盆裡的炭將一生停留在灰中。

歲暮的影子，

又徒增了些許無辜的華麗。

2002正月

錦書之二：冬至

一

這一日，像舂白的米粒一樣堅實，
如冬水釀的酒一般精神。
廳堂裡張掛著喜神，
磨麵粉的聲音不斷溢出牆外；
之前，窮親戚們提筐擔盒，充斥道路；
送來湯圓、醃菜、花生、蘋果……

我們家族繁茂、綿延，
靠陰德、行善福澤了幾代。
冬至日，乃陰陽交會之時：
不許妄言，不許打破碗碟，
媳婦須提前趕回夫家，
依長幼次序，給祖家上香、跪拜。

俗語道：「冬至之日不吃餃，
當心耳朵無處找。」
數完九九消寒圖八十一天之後，
河水才不會凍僵聽覺，
春柳才會殷勤的牽來耕牛。

一年之中最漫長的黑夜，

就這樣晤在銅火爐裡，把吉氣晤旺；

如鄉土的地熱溫暖一甕銀子。

二

一線陽氣先從鏽針孔醒來。

我換上大紅雲緞襖，繡著梅花，

像戲班子裡的花旦。

我通宵為火爐添置炭末、草灰，

不時感到揭開瓦片的寒意。

北風從荷花池經過，

枯亂的偷走幾絲

洗湖筆留下的墨香。

蟲蛀的寂靜是祖傳的；

高貴，一如檀木椅，

伺候過五位女主人的豐臀，

它們已被棉布打磨得肌理鋥亮。

唉，那些時光，看著熱鬧，

實際上卻不如一場大雪，

顛簸、自在，
鵝群般消融。

恍惚中，環佩叮噹；
隱匿在香案、貢品後面的鬼魂，
試圖在公雞啼鳴之前，
將我疏枷放去。
我猶豫著，想到禮儀。

連日來，鐘鼓樓只傳放晴的消息，
就是說年節要陷在泥濘裡了。

2005.1.9

錦書之三：除夕

一

歲暮之際。米店的生意愈加興旺。
小學徒不經意聞到了雪花的清香，
在石板路上輕撒。
茶館已打烊。
驚堂木貼上了封條。
黑匣內貪睡的官印
證明師爺和家眷去置辦年貨了。

似乎寒冷明白我的心情：
緊張，並不甜蜜；
如一條風乾的臘肉，
晾掛在通風的廊簷下。
這些天，街坊鄰居忙著接送神靈；
忙著占風向、起蕩魚、選年畫；
忙著做小甜餅，拍灶王爺馬屁。

現在，整條街隨帳房先生的算盤，
零落的安靜下來。
佛堂裡的香火開始念經。

我點起紅燭，那忽明忽暗的雀斑；
接著，爆竹聲連成了一片。

二
有威嚴的門神做獵戶星座，
有驅寒的花椒和喧鬧的家人。
祝福如期而至：
從四世同堂的八仙桌前，到家譜展開，
光耀門庭的那一刻。

今夜，是唯一的；
雖然已重複了上千次，或者更多。
侄女和外甥像一對布老虎，
圍著冬青、松柏燃起的火堆嬉戲，
可愛，散發出土氣、奶香。
我把壓歲錢放入蘇繡荷包，
壓在棉絮枕頭下，
保佑他們的身體遠離妖魔。

夫君，家鄉最不缺的就是打更聲，
也不缺充滿思念的銅鏡。

（第五卷　隋朝石棺內的女孩（1999—2008）／233）

此刻，雪月沒有吠叫，
臘梅樹氾濫著影子，
也沒有花轎抬我到千里之外。

守歲的不眠之夜如同貓爪，
從鼠皮濕滑的光陰裡一溜而過，
微倦，又迷離。

2005.1.16

第六卷

雪事（2009-2012）

雪事

一

初雪，她的每一次再婚，
都在峰頂之上，
依然潔白、處女精神；

我那張擱在北風裡的老臉，
也曾經被覆蓋，
如一曲蝶戀花傷透俗世半座空城。

雜草林間，僅此一件雪事，
可稱作失戀殘酷物語，
為此，我默默的收拾後半生。

還有什麼飯碗，
值得我一步三歎、九曲迴腸，
做皇帝也不過是弄到了一只更易碎的玉碗。

我願搭乘一頭牛，
把離別的速度慢到農曆裡去養蠶，
把今生慢到萬世。

二

這座山常年受蚊蟲叮咬，

這條水聲晝夜掛在樹枝上，

這裡的縣長很光榮。

這便是我風迷酒醉的鄉土，

如今，它的五臟六腑被大雪醃製。

一切，靜止於錢眼裡。

只有寒冷夾帶著宗族勢力，

滿足頭版新聞的垃圾內需；

只有我被憂傷私有化了。

開始明白，古墓普通話

不可能和市井混混打成一片，

我暮色累累的歲月屬於一種修辭浪費。

終於疲憊到各就各位，

禽鳥分飛。

每朵雪花都是重災區。

2009.2.5致楊莉

彩衣堂

一

傍晚，老掉牙了；

書香，被蛀空了；

梁、檁、枋、柱處的游龍不再呼風喚雨；

天倫之樂是曾經喜上眉梢；

整座宅第，靜候著新茶上市。

二

歷來，虞山一派，

雨水繁多，精神蒼茫；

領頭的翁家有一件盡孝的彩衣，

有一條聯通龍脈的中軸線，

可依次遞進命運的格局。

三

二株桂花迂曲綿延，

閒雜人等匯流江湖。

我，獨自和自己睡覺，

中年醒悟，已積弊深厚；

後輩的身影正層層刷新白牆。

四

我身上有太多的包袱：

從古迄今的一些水光、事情，

只有精細、豐裕的心靈能夠解放；

打開一看，虛無瀰漫，

一頭獅子遊戲著地球。

2009.3.2獻給翁同龢

今夜，我請你睡覺

永遠以來，光每天擦去鏡上的灰塵，
水無數遍洗刷城鎮，
但生活依舊很黑，
我依舊要過夜。
茫茫黑夜，必須通過睡眠才能穿越。

西湖請了宋詞睡覺；
廣闊請了塔克拉瑪干沙漠睡覺；
月亮，邀請了嫦娥奔月；
死亡，編排了歷史安魂曲；
非人道的愛情睡得比豬更香甜。

睡覺，如苦艾酒化平淡為靈感；
如肥料施入日曆，撫平紊亂；
使陰陽和諧，讓孤獨強大；
一種被幸福所代表。

可沒有人請我睡覺。
為什麼？！為什麼
在這比愚昧無知還弱小多倍的地球上，
居然沒有人請我睡覺。

我，潘維，漢語的喪家犬，

是否只能對著全人類孤獨地吠叫：

今夜，我請你睡覺。

2009.9.6給張道通

沙雅之書

一

每一粒沙都是枯萎的水滴。
沙漠則是超越是非的江湖。
我，一個少數，並非局外的多餘，並非為零。

二

在沙雅，我願被十二木卡姆最民間的演奏，
我願被塔里木河奔流，
我願被胡楊林團結成木乃伊，
我願被葡萄的甜液海市蜃樓，
我願被新疆虎發現。

三

在夕陽的火焰裡反覆出沒的
不是婚禮上的那幾條烤魚，
是一把彎月形瑪瑙刀，
它的魔力和咒語
不為知識界認知，
但街頭的大饢和滾燙的沙土
十分清楚：它是胡楊金黃的靈魂
和鷹的雄姿所鍛造。

四

一輛風沙追趕的驢車，

集市上以公斤為度量衡的交易，

清真寺的圓頂，

這一切，教會我什麼？

最多是記憶：一種對活著的事物

充沛的情感。

一種對死亡能力的敬畏。

2009.9.8

大雁塔

大雁塔在紛飛，
它將自己的漫天雪花混跡於市，
它想品嚐顛倒眾生的酒家茶樓。

它千年的土磚如點燃的水晶，
沉重的漆黑迎面融化，
長安城連根都在輕盈飄飛。

我的經書，
無論關於銀子還是牡丹，
不取自艱難困苦，不取自善惡，
而取自越劇的、崑曲的、秦腔的錦繡液體：
不斷解放的豐乳肥臀。

我的抵達與未來，
已渾然一體；
我生命的神話，
就是被國色天香的大雪無限紛飛。

大雁塔在熊熊紛飛，

唐三彩也正在氣象萬千的爐火裡成型。

2009.11.19給周公度

東海水晶

一

從廚房裡出來,月亮才有味道。
到草根小城,就會明白,
水晶會保佑清風,
把鐵軌吹向免票的空中:
那裡,溫泉、樂府、預訂的隱私。
僅剩的孤獨恰好被誤讀。

二

我喜歡草尖上的液體水晶,
徒然說著閒言碎語;
其中,人不過是一點雜質,
最多變為一根金絲或綠幽靈。
雄渾到永垂不朽的是集市,
那裡,人聲鼎沸,交響成黑煤。

三

東海縣的水晶儲量,
可以解決多少神聖問題,
或者說可以打製幾副透明石頭棺材?
已有一副,盛滿了防腐液,

名詞冠上形容詞憲法般躺在裡面，
受常用動詞反覆打擾。

四

通過眾多水庫、湖泊的燭光，
我小心翼翼的問道：
可否用一船酒色財氣俱備的礦石作原料，
為我熔煉一把紫晶篩子，
每當我伸手，
就會篩選出要握住的友誼。

2009.12.15給胡志毅

法華寺

一

風落上水面，
形成迅疾的魚皮。

青草、桔樹、枯荷為每一個早晨調味。

星空溶入大海，
濟州島永遠的淡著。

只有匆忙者是鹹的、活的、肉類。

大靜的空氣輕倚低矮的門框，
屋頂的眺望，欲念虛無。

善浪滾滾的油菜花呀，
聽慣了潮汐——
打開牡蠣、鍍銀帶魚。

法華寺：一種返璞歸真的秩序，

在空間的最高處，

垂掛著明姬的幾根線條。

二

午後：虛靜、綠茶開封。

靈魂的灰燼萬紫千紅。

不遠處，一條懶狗守護著鄉愁。

是否幾陣柳雨，

錯過了一位女子浮世的優雅，

同時，也錯過了出家之美。

很多人把書讀到了狗的身上，

我把一生，讀到了桃花裡。

一樹的鳥聲隨落花低低飛翔於腳趾上。

我只想告訴你，明姬，

你是空城計裡那把沉香古琴，

當煙霧散盡，寬大的歲月顯現紋理，

思想比末代和尚還清淨。

2009.3.21濟州島，給明姬

棲隱溱湖

野鴨浮游在午後，
蘆根解著河豚的毒，
而空虛，敲著柳絮輕盈的鐘，
把寂靜，飄入空氣的肉裡。

只有櫻桃流露出憂鬱。
只有憂鬱是昂貴的，
把事情安排得又舊、又遙遠，
如刀魚綿密精細的刺。

水光緩緩燃燒著，
人生的無常棲隱在一口深井裡，
被糖紙包裹的月亮，跳了下去；
到處叢生著一種隨意的遺忘。

遠處，領袖打斷自然的沉思，
他揮揮手，消失在土裡，不知哪一粒。
綠色從狐尾藻釋放出自己，
風聲沒有改變它的體態。

2011.4.29

記憶：一

那被春夢熨燙過的街道，
散發出棉布粗壯的氣味；
還有更人間的喧雜：早點鋪熱氣騰騰的蒸籠，
菜市場灰濛濛的擁擠，長途車站煉獄般的行旅。

我的早晨，都是律師從酒杯裡撈出來的。

一次在宿松，油菜花金黃的鋪展，
一壟又一壟，青黃相接，形成廣闊的氣象；
我認為，這屬於真理的版圖。
一次在京城，深秋的晨意拉開旅店的窗簾：
瞬間，滿眼被白色充滿；大雪紛飛，寒冷一夜熟透。
我想起紫禁城裡的九千九百九十九間半宮殿，
最後半間，用來閹割太監；
當他捂著襠部，血滲滴在寂然無聲的積雪上，像一
支哭泣的紅梅。
還有，在我愛人，江南之水，纏綿秩序的懷裡。
暈眩，也許是混沌，也許是讚美，但更多的是局限
並徹底的祝福。

我無數次知道，友誼拯救了平民之歌，
柳絮拯救了凋零的夢。
我繼續知道，我醒在了天方夜譚的魔幻裡。

2011.4.30

記憶：二

從糖果店出來的顧客，立即就取悅了空氣；
塵埃粒子在光線裡跳動，馬戲團成員放棄了進食的
欲望……
一切，水磨成嫩豆腐。

我感冒，呼吸騎在一頭豹身上，脾氣斑斕。

而母親的戀人在異鄉：一個郎中，一個越劇小生，
名字都叫春風，
他們的家拎在手上：柳條皮箱。
如果幾味中藥可以顛倒生命，
那麼一套戲服則會玩弄光陰。

我居住的小鎮，只有一條窄窄的街道，
青石板從南到北，延伸著腳印和雨聲。
郵遞員就是向日葵，
帶來首都的最新指示。
男女老幼，一律著藏青色布衣或綠軍裝，聚集在高
音喇叭下；
有人頭戴紙糊的高帽，上書「牛鬼蛇神」；
有人握緊拳頭呼叫：「打倒一切反動派」。

我感冒，永遠停留在五歲。
紫氣東來，充滿廣場。

同時，豆芽般弱小的驚嘆號也打倒了我的感覺，
癱倒的悲痛，如一灘水漬。

2011.5.5

這些日子，我忙於虛度光陰

半生不熟的，這些日子；
和尚們忙於修建寺廟，
國家的身影頻繁出現於各種儀式，
權貴以拆遷平民為榮。

這些日子，我做蝴蝶的同時代人，
飛來飛去，事情天高雲淡，
似乎累得很美，翅膀整天醉著：
忙於從三亞偷竊一絲海腥味；
忙於到奉化採摘彌勒水蜜桃；
忙於失戀，把春風傷透；
忙於進入日月潭，感悟藍綠一體的風水；
忙於在崑曲的驚夢裡，饕餮河豚；
這些日子，我忙於虛度光陰。

對於被深深的絕望無助了的那些──
又聾又啞的專家，吹著銀笛；
獨立發言人，精神寂滅；
而我，也不過一堆水的廢墟。

早已不屑於驕傲，煙雲紅塵裡，
早已修煉成一塊真寶玉。
婉約的，我肉身的海綿體
吸收一切冷暖，
連同氧氣稀薄的軌道上，高速賓士的黑暗；
只為，在理性的盡頭，援助人道。

這些日子，牛鬼蛇神虛度光陰；
這些日子，我忙於虛度光陰。

2011.8.4給舒羽

雪竇山

一

我在一朵雲上訂了座，
一朵雪竇山的白雲；

當我剛從一場戀情裡下野，
就上了這鬼斧神工的轎子；

哦，是哪一種呢喃妙手回春，
從枯松裡煥發出蔥鬱的萬年青；

英俊的意志，
以一種俯視的低速飛翔消融積雪；

千丈岩飛瀑直下的禪光，
撫慰著黃龍，在潭水玄妙處；

對著這卸了戲妝的秀麗山水，
黎明出現，鞠躬，再鞠躬；

似惆悵消失在迷霧裡，
更如新鮮輕雷剝開幾只水蜜桃。

二

第一次，我夢遊了雪竇山，
初戀心態，皺巴巴的；

從景色裡出來，星空點點虛汗；
彌勒佛的大笑反覆熨燙不平靜的波瀾。

多年後，當日子懶成歲月，
千層餅一層層脫去孝廉滋味；

這時，虎嘯再次開闊了妙高臺，
雪竇山在溪水裡又流淌了起來；

應了紅樓夢，補天是它的另一生；
應了我的憂傷，青天白日；

可否將我的醉話種在這裡：
生活的中樞是眺望，

我還願的腳步是一種親情，
讀懂它，天空很快就會圍攏過來。

2011.8.17贈葛黎明

月圓之夜

月圓之夜，
世界變得簡單，
寂靜，懸掛著、赤裸著蒼白。

月光劈開潮濕的的街道，
藍煙點燃那個被廚師烹飪到豐滿的甜女孩，
很快，很快，她會發生質變。

月圓之夜，
親情血脈旺盛，
聽得見媽媽小小的家無窮的呼喚。

我們都是月亮的人質，
我們的骨灰只撒在回家之路上，
如，風中毫毛。

在暗中，對幾兩碎銀說，
夠了！可以放下斧子，
去西湖頹廢了。

對扭曲水泥的城市說，

呸，叛徒！把圓圓的村莊還給我，

裡面仍要裹著紅豆的餡。

2011.9.16給胡東梅

三段錦

一

站臺停歇在疲憊裡，
暮色，還在趕路。

一幅鄉村圖景隨掙扎的泥濘入秋了。

那片湖水，似乎感染了風寒，
用低微的呼吸，控制著整個地區。

每年這個時候，
單身者就會把釘子釘入岩石，讓寂靜流出。

而芥末刺鼻的滑輪在不遠處響起。

誰？誰衣衫襤褸？
補一下，借你的憂傷，把天空補一下。

二

何時，會有一種血液理解通靈頑石，
──紅樓夢的遺產？

何時，新旅程開始？
如落葉翻撿火焰乾枯的青瓷碎片。

當少男少女點亮漫山遍野的螢火蟲，
去替我找尋那張躲在水果裡的臉，
那張輕淡極了的秀臉，

日子呀就會再新鮮一遍；

異鄉的物資呀也會再增多一些；

封泥掉落，
老故事酒香撲鼻。

哦，近了！近了！
迷你般近了。
瞧，調笑和戲謔已經親臨。

三

如果歡笑來自基層，
那麼，冰凍很快融化。

如果人在別處，就成了海綿，
什麼都吸收。

我似乎知道了秩序的潦草秘密：

歲月，暢銷在江南，耳熟能詳，
以及，表叔、堂嬸的棗園；

淡而無味的兵營，
守衛著雲朵，
守衛著我遊手好閒的貓科皮囊。

我煙波浩渺的使用著靈魂。

我來了！季節。
美的、鹹的、無恥的、飛翔的全部的季節，
我來了！一種可能的絕對次方。

豐收、燦爛，是孤獨的進行時。

我正效勞著錦繡文章。

2011.11.3杭州，秋雨。

城市郊外

煙、醬油、小賣部的阿姨，

這些，都似乎被裝入了封閉的套子。

十一月的郊外，汽車尾氣仍薰染物價，

街道是一條波動曲線，

呈分配不勻的形勢。

左邊，幾排單幢獨戶的農民房，

像現實主義劣作所描寫的：時尚的土豆。

幾乎沒有憂傷的痕跡

爬滿外牆。白領青年租不到歷史。

右派的山林也沒遇見自由漫步的園藝師。

只有暮色對我說：晚了，

要投宿春夜已晚點。從頭開始的一代，

請原諒我有比蚊蟲更多的人性，

也許，我死後很多年，也無法理解你們編碼質地的

思想；

無法理解一座城市的成熟，

需要犧牲那麼多驕傲。秋風吹痛了湖水，

也吹痛了杭州、紹興那一壇壇歲月靜好的「女兒

紅」。

新月，依舊蒼白，像一個貧血的問號

掛在半空。友誼難道真是一場

杯盤狼藉的爭吵？然後，各自被赤條條
秒殺在單人床的空虛裡。
月光下，一叢白菊花留著寒露的吻痕，
它眉心處的一桿小秤，秤著銀子。

2011.11.4杭州

對一位朋友的翻譯

他對事物的態度一直開著引擎。
現實是他的四肢,受盡擁抱的引誘。

一隻活在死亡哲學裡的天蠍。
哦,哈欠,無意義,對他多麼波光粼粼。

他划著船,湖面是一塊鋼鐵,
四周是城市越積越厚的脂肪層。

他獨自划著,油膩而危險;
只有腋下的翅膀胚胎著、夢著。

這一天,過得很模糊;
另一天,做精確導師。

臺階上的白雪,拖曳著裙裾,
他提起,像進行在婚禮中的生氣男孩。

從不在觀音像前給自己加油,
從不貪圖失敗的榮耀。

不時的，他放出獵犬，
企圖用酒精把悶雷嗅破。

2011.11.9致黃石

西湖

一

這黎明，這從未關愛過的表妹的寧靜：
柳枝滴下枯綠，
地平線穿進針眼，把一抹霞彩
縫補在東方。

一輛手推車推著波浪。
一壇黃酒加入剩女行列。
我置身於高音中，試圖
顫慄，直至喑啞。

二

旗袍叉開的丹鳳眼
懷抱琵琶，評彈著雨絲、浮萍
和自戀的藕香。
西湖，一張酒旗臨風的招貼畫。

這片湖水，從未受過驚嚇，
不會發生馬蹄失控、劍氣四溢的混亂；
每一天，韁繩拴在蘇小小的墓碑上，
風月牢固。

三

霧影凌亂，豐腴橫流，
一派浮世景象。
老家辦事處的清寒水光，
全憑吳儂軟語支撐。

憂傷，爬滿秋色，
像蜈蚣剎那啟動整齊劃一的木槳。
美，到了無可奈何的層面，
福分會出面做主。

四

花瓣的薄膜游向處女。
高貴只接受鮮嫩的事物。
反之，法律經權利消化後成了速食，
帝國被嗡嗡聲讚美成蒼蠅。

岳廟，收斂起它滿腔怨憤的疲憊，
赤子般露出炎熱，

並以屋脊的爆發力掠過黑夜。
陰陽一體的心跳，滲透層層汗衫。

五

而仍然，出現了一場雪災
——斷橋連接了；
從此，人仙配集體退役。
探梅的芽，縮了回去。

旅遊業榨乾了詩意，
空氣也掛牌製幣廠。
人民在樓外樓，醋魚是山外山。
幾片烏雲，感動白堤。

六

西湖夢在宋詞裡氾濫，
柳浪聞鶯最紅的野花，敲亮了晚鐘。
聽清楚，更大一片開闊
留給了回聲。

我用歷史的糖果許個願：

在湖畔，我的銅像

將矗立起龍的靈感；

等待，一張又一張宣紙穿越煙雲。

2011.11.18給徐雯雯

不朽之舟——跨湖橋遺址博物館獨木舟

博物館一頭把它的腦部扎進湘湖。

空曠的大廳適合溜冰。我知道，腳步的每次回聲

都抵得過一個世紀的跨度。

斜坡、臺階、迴廊不斷向著某個點聚焦。

虛像中，不起眼、甚至簡陋的遺址顯現。

哦，強光！需通過怎樣的安檢才可以放任毫不謙虛
的射燈

穿透水晶罩——不朽之舟，不朽在地下的中國。

它靜靜地，停止了划行、腐爛，接受神話。

該如何想像，八千年前，從不理髮的先人

用石斧砍下巨樹，再將樹心燒成黑炭，

然後弓著身，鑿去多餘的部分。

肌膚的砂皮足夠把舟體打磨亮滑。

新石器史證明，危險在一旁靜謐；窺視著

農業、紡織、製陶和村落的出現。

曙光，是否一下子湧入太多？

比猛獸還稀少的人類，

當你們划動只可容納單身的獨木舟，

為了捕撈魚蝦、獵取食物，為了去對岸

逃避雷電的追擊，為了突襲別的部落；

或者，我情願相信，是一粒意識的真菌感染了

天才，為了在浮力上控制搖擺
所產生的尖叫，一種隨時可能溺斃的快樂，
他不自覺的開拓了人性的水域。

不朽之舟。來從地下的中國。
一層層剝開，貧瘠的、肥沃的、鹽鹼的各種泥土，
會目睹繁茂的根系強健地忙碌著。
我是其中最敏感、脆弱、無形的那根觸鬚。
似乎，布穀鳥的啼喚、野鴨的撲扇、白魚的跳躍魔
法般黏合起
這散架的獨木舟，一顆霧濛濛的靈魂
划著槳。至少，在進化論裡，它裝載的孤獨
打敗了一支太平洋艦隊，以及時代批發的驕傲。

2011.12.3杭州

天目山採蘑菇

沒讀過五線譜的森林長滿了蘑菇，

我採下一個休止符。鵝黃，有毒，急性的斑點

隨暮光擴大，以至於

那尚未抵達的愛

來了。踏著單車，全身洋溢著無辜的恨。

吃驚於自己是一座水牢。

一路上，靈魂在綠葉的尖叫裡穿行。

吞食這一刻，我也許會

參加通靈黨；也許會飛入雄鷹的翅膀。

多少次，過期的日子

黴跡斑斑的將我制伏，

水池裡未清洗的碗碟又沉溺了一夜。

多少次，我用痛苦路過天目山；

用大雪，打掃乾淨教科書中的虛火。

直到，我在童年一樣低矮、潮濕的腐殖土上，

採摘到暈眩、變異，

和對原始肉體最深切的懷戀。

狂飆已在我掌心登陸。

直到——值得。

2011.12.10

開發區

那熟雨,沒押古韻,
就把一張藍圖描畫在稻田裡。

從超市,我取下十一月,
同時刪除掉對憂傷的無限諂媚。

推土機將自然村演義成集體農莊。
新,孩童這虛擬般耀眼的新,不認識老人。

確實,機器裡工作著一支物質醫療隊:
滑鼠,白大褂,請你服下信號的彩色膠囊。

哦,我誤入了哪兒?
另類桃花源?國際體?終極羅網?

是否垂釣了白日夢?
可能不小心,我釋放出了龍身蜿蜒的願景?

深深地,比流水線的微塵
鑲嵌得還精確,我承認,

所有事情，無非一台麻將：
生化學搓和了湖光山色；

或者，廣告給了地球一個支點。
翻雲覆雨的化妝師隱匿在聚光燈背後。

在任何時代，速度都將受到悖論的追問：
穿越本質，又如何快到慢裡。

2011.12.12

秋浦歌

泥地、河流，最簡單的元素

刺痛了我。我的目光漫步在牛群裡。

不明真相的美

叢生著，僅憑一股草根味

拯救不了現實。

偉大的痛是一根刺在肉裡慢跑，

任何一秒，鏈結著宇宙大爆炸的瞬間，

如同，無名指上的空缺，仍是愛的一環。

桃花對我說：愛吧，

邊說邊做地愛，

在雨梭的經緯裡編織漫天滂沱。

白雲，背著帆布包

已經走遠了；

我看見近在微笑。

方向變幻著樹枝的風水。

從人到神只需幾筆平庸──脫胎換骨。

一條龍附體結晶成鑽石的礦脈。

一首歌再次塗改風景。

夠了嗎？就讓隨松濤起伏的迷霧孔雀開屏，

告訴那些不會停頓、猶豫、沉醉的視線，

如何觀看

呼吸挾裹著少女靜流而過。

2011.12.27

人到中年

戲臺上的鑼鼓，
能聽懂
腳步婉轉、細膩的唱腔如何穿過針眼；

其實我明白，
人到中年，一切都在溢出：
親情、冷暖、名利。
曾經的旅程，猶如幾顆病牙，
搖到了外婆橋。

我記得每一個昨夜，
少女的味蕾，奮不顧身的春色；
記得雨水仍發著高燒，
從嫉妒中失去的萬有引力，
似一場大雪緊摟江南的水蛇腰。

憂傷所做的事情，足夠支付信用卡；
酒火燃起的牢騷，
也一直連綿成無法挽回的群山；

這時，我聽見一支響雷奪眶而出，
在杏花村屋頂上碎成星空。

其實，我明白
人到中年，是一頭雄獅在孤獨。

2012.2.29杭州

離開

離開，讓一杯綠酒離開老虎，
它會吞吃空氣，

它已把燈盞吞吃得甜苦明滅，
一座紫禁城。

斑斕的話語，
春天了。

身體拖躍著柔軟，
力，用什麼來量它。

離開了，老虎，離開了，世界。
在春天。

只有離開是我的
財產。

2012.4.1

宿命

一

痛的小鎮，窗戶紙模糊。
風聲纏繞著樹枝，
天空很低。

沒有一個少年，更沒有羞澀的嫩乳。
磨刀聲輕浮，
一片貧血的寂靜。

城牆上，
桑樹地，
詭異的氣氛在出殯；
似乎情書在焚燒
水最冷的灰燼。

二

你小腿裡的火車
經常出軌。

有時，汽笛將星光帶到不知名的屋頂，
而貓的彈性起伏著山脈。

而歲月，一路廣闊，
拋棄自我。

三
與一塊墓碑搏鬥了大半生，
終於置身於火山口。

可以俯下雲雨
吻火了，

可以被最高虛擬
真實了。

唉，一聲歎息
流逝在宇宙。

家，我的，你的，沒有窮盡。

2012.4.12

永興島

仲夏升起芭蕉葉拱頂，

我聽見細沙在問：永恆什麼時候完工？

船長答道：還在波濤上顛簸。

永興島，一隻龍窯燒製的瓷器水母，

正一張一弛呼吸著南海；

觸鬚，心電圖般聯通著南沙、西沙、中沙群島。

那藍綠變幻的海水，

是由我家鄉最昂貴的蟲子──春蠶

織造的絲綢。單一的季節

其實鋪展著經緯合奏的管弦樂。

歷史從不驚訝於貓捉老鼠。

當颱風撕裂了礁岩，

縫隙間的軟體動物是可食用的瑪瑙；

潮汐不停地翻閱鹹味日曆；

最新鮮的期待，永遠是郵局開門時那陣騷亂，

還有拆信剎那：指尖掠過的海嘯。

熱帶的記憶被媽祖保佑：

垂釣的椰子樹，魚餌整天是一朵朵白雲；

疲憊的網，神一般的漁夫，

消失在植物深處的房子；

而傍晚，士兵從驅逐艦下來，
他們尚未獲得勳章的年輕和古老主權之間
所產生的張力，讓燕鷗呢喃。
我似乎只是一個淡水運輸員，
我一生的淡水已無比饑渴，
它渴望，被永興島的綺麗風光
和一雙黑眼珠日月飲用。

2012.7.15

夜航：紀念梁健

那一年，我們乘船夜過長江，
在底艙，我們對飲啤酒；
昏黃的光暈並不比花生米粗大。
兩岸漆黑，猿聲早已遷徙到泥石流的腹腔內。
江水，像一條虛線般淡遠的脈衝，
偶爾保持著快樂的倦怠。
你不時喝下一口黑暗，
而我，也沒有從甲板的風向上
暢飲到旗袍叉開的溫暖。

事實上，我們從豐都鬼城出發，
到一個雙喜臨門的地方：重慶。
因果就這樣安排著距離。
如果我的前半生活得像陰界的遊魂，
那麼，在被設計精美的漩渦，
反覆沉底又拋起之後，
我遍體的暗礁變成了鱗甲。
後半生，我將放棄統治多年的酒桌，
去獲取謙虛、魔術的核能。

枕著魚背，途經了許多碼頭：
鹹汗刺鼻的煙蒂、劣質的爭強好勝……
似乎，只剩下電話斷線的嘟嘟聲。
星光，抬著懸棺，步步驚心。
我們是兩個被漂流瓶認領的漢字，
在波詭雲譎裡顛簸。
你說，死亡，無非回家。
我想起一大片竹林，野生的光線
在錯落呻吟，家鄉的少女們都很濕潤。

早晨，雲端金閣寺的氣味
將汽笛催醒。江面上，
漂浮著夢的黑白裸體。
菜市場的時辰。主婦提著籃子，
採購萵苣、生薑和牡蠣，
沒有詩集，沒有雛菊。
所有的街道都通向火鍋店。
那一刻，你層層脫落的面具彷彿在補天。
憑常識，我在庸凡的日子倖存了下來。

2012.8.4

柴達木盆地

一

扛著雲梯的崑崙山脈，
把鬚狀閃電烙在鹽湖上。
波紋擴展，給油菜花和胡楊林鍍金，
終止於風蝕成迷宮的雅丹地貌。
（好奇心總是披頭散髮，
通過沙塵暴作祟的。）
清晨，撒拉族少女撩開門簾，
蒙古包像為初戀準備的乳房。
她黑紗巾下的黑色眼眸，
是玉門關外最無敵的銀器。
霞光濺在草地上的牛奶漬，
其邊緣，滲透出一望無垠的寧靜。

二

我從未使用過的震撼
開始旅行，蜥蜴般進入
花兒曲調的柴達木盆地。
高亢的紫外線直視墨鏡，
深情地扼殺任何一種遮蔽。
早在人類誕生之前，公正

就把一層厚厚的礦物脂肪：
白銀、碧玉、石油……埋在了鹽鹼地下。
這片表面貧瘠、內部幸運的戈壁，
以拉弓、射箭、開墾等
一系列曙光形象，
完成了畜牧業羊皮卷。

三

七月酷暑，正檢閱著西部片
煙塵粗獷的場景。摔跤手的榮耀，
仍是雪山常年不化的金頂。一絲涼爽，
從響尾蛇青綠的毒牙射出。
芨芨草一小撮一小撮地沉默，
如絲綢之路上的駝峰
拋下的錨，永不生鏽。
一列火車撕開驚恐的空氣。
藏羚羊與高速寬帶一同穿越無人區。
遠處，馬頭琴消逝的嗚咽，
還在追逐野風的懷抱。
近旁，落日粉碎在飛沙走石中。

四

氂牛的舌頭所舔舐的詩意，

不是我此行的目的；經幡飄揚的

鎮魔、悲憫高地，也非抵達的盡頭。

熱氣騰騰的牛糞，壓住

蒼茫一角；河流以大師的平靜

淺顯、樸素地流向俗世。

苦難在此容易找到同類；

頹廢卻遭受拋棄，

兀鷲也不願找到它的一絲血肉。

對沙漠中的任何事物或生存來說，

飛翔是必備的本領；

靜止的陰影通過飛翔長出了翅膀。

五

我不會用德令哈的雲來擦皮鞋，

它白得鮮嫩，正給醜陋的念頭一記耳光。

我更不會去輕描淡寫，

荒涼裡一座豪華城市，

它堅持了幾千年的膻腥。

如果我說，酒在青稞裡釀造了

空氣稀薄的高原，

我加速的脈搏會不會一頭扎進褶皺帶，

那裡，波濤凝固成岩石，

如神的思想在運動；

那裡，悲壯吞沒了一支支進行曲，

唯一能撈出的是一截愛情。

六

設想在盆地的中央

種植下一座水晶金字塔，

讓我做透明超市的店長，販賣永恆。

哦，永恆！不是向木乃伊致敬；

是一條龍蟠旋上升於風暴眼，佈施雲雨；

是語言穿著多民族禮服，舉行婚禮。

祖先恩賜的利劍

高懸蒼天，警示著一切自我氾濫。

賓士在吉普發動機裡的鷹

和雪豹，聽見了

硬漢昌耀聽見過的聲音：

太陽的雞冠正沙沙地迫近。

2012.8.13

生命的禮物

我在一份清單上記下：
木棉花充血的歌喉啼破黎明，
東方正冉冉升起；
水上的雲在孔雀開屏。

我還記下：
早晨，一片檸檬的酸澀
越過邊境，
士兵體會到，深陷跋涉的茫茫雪原
那股寂靜的勇氣。

我繼續記下：
腳步聲積累成一枚鑰匙，
直接，可以打開空氣。

我難以記下的是：
被死神一瞥之後與重獲新生之間，
那段祝福與詛咒血淚交加的里程。

一切，都是生命的禮物；

除了，用鎖去開門的那種反動。

2012.9.25

跋

一

上世紀六〇年代，我出生在漢語最肥沃的地域：宋朝以來的江南。五歲那年，一個初夏的午後，中國大陸正熱火朝天地在革文化的命。鳳表姐牽著我穿過小鎮的中心街道，平常的喧鬧似乎連根拔除般，裸露出空蕩蕩的安靜，這時，響起了高音喇叭的播報。表姐說：你長大後也可以寫一封表揚信，表揚爺爺，在上面廣播。我幼小的魂靈震驚了。從此，我的文學生涯有了一個內在起點。

我的童年，敏感、多病，喜歡雲和星星，喜歡坐在門檻上撲捉塵埃粒子在光線裡跳動的節奏。我是一個人口眾多大家庭的寵兒。簡單地說，我媽媽是外公的第三房生的。大外婆當家，我有許多阿姨、姑姑、舅舅、表哥、表姐和表妹。有一次，鳳表姐替我穿衣，稍不順心，就給了她一記耳光。她邊哭邊服侍小暴徒。幽暗的宅院，不時泛起木樓梯咚咚上下的腳步聲。燕子把許多白色的巢築在前廳的頂上，傍晚它們歸巢，清晨打開大門，它們風雨無阻地飛向天空。

十歲，我隨父母從安吉孝豐鎮遷移到鄰縣長興。小學五、六年級，少年爬上閣樓，從箱子裡翻出幾本泛黃的書：戈寶權翻譯的《普希金文集》、梁真翻譯的《拜倫抒情詩選》和手抄

本的泰戈爾，它們混雜在《毛澤東選集》、《反杜林論》、《赤腳醫生手冊》等書籍之中。這是我父親，杭大中文系畢業生的隱秘收藏，在那個嚴酷時期，他處理了各類可能冒犯意識形態的東西，唯獨留下了這幾本詩集。天意如此，一個在讀書無用論思潮裡吵鬧的孩子王，被難以理解的詩行吸引了。

之後，被點燃的火焰開始了跌跌撞撞的亂塗，同時海綿般吸收。白紙在我的手上浪費了太多的漢語。直到1986年，我自覺到我自覺了，二十二歲的我寫出了〈第一首詩〉。

二

為什麼寫詩？這一問題追逐了我許多年，直到剝開洋蔥，讓每一片都攤開。最初是源自一種想表達的欲望，其實可以說是個體生命在尋找社會意義，他在時間的茫茫人海裡尋找自己的那張臉；再進一步，美學企圖產生了，也就是說希望用語言煉金術，拯救出某些人性的純真；最後抵達，每首詩都是一場文化儀式，用來調整靈魂的秩序。

其實就我個人而言，有著更雲端的答案：命運。是命運驅使我做一個詩人。不久之前，我彷彿天眼突然開啟，我明晰地認識到，是漢語選擇了我這個器官，為它奉獻。不知道是幸亦或不幸，我別無選擇。我的性格、心智，我的孤獨、痛苦和頹廢的迷失，我的交往、閱讀、榮譽和失落的時光，一切的一切，都是漢語在塑造我這個器官。我的人間歲月是漢語賜予的禮物。欣慰的是，幾百年積累下來的龐大詩歌空間，尚未被偉大使用過，為才華提供了千載難逢的施展機會。

至於我的經歷感受更是顛簸、直觀、酸甜苦辣：從封閉到巨變，從理想的衰敗到功利的勝利，以及互聯網資訊氾濫抵消了現實力量。總之，各種豐富性風起雲湧，各種價值觀聚變離合。當回過頭去，發覺自己的生命體系，通過時代現場，通過和傳統連接，通過對世界文學的吸收、交流，仍在不斷的解放之中。

因此，無論從哪個角度講，當我完成一首詩歌，其實並非我一個人的作為，是各種能量聚合的結果，是神握著我手上的筆。一首存活的詩歌，背面需要許多首偉大詩歌的支撐，需要許多非凡的行為和思想、歷史經驗、宗教情感、「語言的未來」等等事物的參與，同時還需要反對派的營養。

我不信賴隨心所欲的草率寫作，世界早已證明，詩歌語言的粗糙和意義的簡單化與社會墮落是同步的。

三

詩集總是越讀越薄，或許會留下幾行或幾首觸及本質的詩。很多詩人的自戀還沒有上升到歷史層面，因此編選作品集不願丟捨，這樣就白白放棄了美學標竿的確立，放棄了自己掌控的那把時間之刀，任人宰割了。

這本《梅花酒》跨度為三十七年，基本上可以劃分為五個內容階段：江南水鄉所生產的迷茫、略含清新的青春歲月；受西方文學影響的孤寂現實；語言體驗的太湖精神流域；時間裡的江南文化；超越地理現實的生命熔煉。

　　一步步走來，我堅持一點：精確，精確，更精確。我從未突破一個基本底線：文學引領人類文明，而不是詩歌模仿日常生活。

　　每一首詩，無論容納了怎樣的意義衝突、矛盾、複雜，但都是在向一種秩序致敬。這秩序，由神殿裡的群像：屈原、杜甫、李商隱、曹雪芹、莎士比亞、清少納言、波特萊爾、葉慈……等等構成。毫無疑問，文學存在著等級。這觀念並不等同於意識形態的一元論。

　　這些年，我認為我最大的進步是，有力量做到了對自我的遮罩。無我之後，詩歌才會更清晰地發出語言的、文化的、集體無意識的聲音，才容易觸到母語、民族的根，才可能成為公共資源。

　　必須承認，我的詩歌沒有對重大的政治事件作出反應，但我從未拒絕吸收真相、反思、愛和憐憫。作為一個當代中國漢語詩人，放在他面前的問題不是幾個，而是一批，他得從耐心裡取捨出主題、對想像的虛構力和節奏處理時間的能力，擺脫流派、主義、思潮、道德的綁架，直抵真理核心：虛無裡的那個永恆。

　　至此，我仍然不安、脆弱，詞語般掙扎在一個活人的體內。

2012.12.18杭州

語言文學類　PG1006　中國當代詩典　第一輯 09

梅花酒
——潘維詩選

作　　　者/潘　維
主　　　編/楊小濱
責任編輯/鄭伊庭
圖文排版/王思敏
封面設計/陳佩蓉

發 行 人/宋政坤
法律顧問/毛國樑　律師
印製出版/秀威資訊科技股份有限公司
　　　　　114台北市內湖區瑞光路76巷65號1樓
　　　　　電話：+886-2-2796-3638　傳真：+886-2-2796-1377
　　　　　http://www.showwe.com.tw
劃撥帳號/19563868　戶名：秀威資訊科技股份有限公司
　　　　　讀者服務信箱：service@showwe.com.tw
展售門市/國家書店（松江門市）
　　　　　104台北市中山區松江路209號1樓
　　　　　電話：+886-2-2518-0207　傳真：+886-2-2518-0778
網路訂購/秀威網路書店：http://www.bodbooks.com.tw
　　　　　國家網路書店：http://www.govbooks.com.tw
圖書經銷/紅螞蟻圖書有限公司
　　　　　台北市114內湖區舊宗路2段121巷19號（紅螞蟻資訊大樓）
　　　　　電話：+886-2-2795-3656　傳真：+886-2-2795-4100

2013年9月　BOD一版
定價：360元
ISBN　978-986-326-171-1
ISBN　978-986-326-178-0（全套：平裝）

國家圖書館出版品預行編目

梅花酒：潘維詩選 / 潘維著. -- 一版. -- 臺北市：秀威
資訊科技, 2013. 09
　　面；　公分. -- (中國當代詩典. 第一輯 ; 9)
BOD版
ISBN 978-986-326-171-1 (平裝)

851.486　　　　　　　　　　　　102015890

讀者回函卡

感謝您購買本書,為提升服務品質,請填妥以下資料,將讀者回函卡直接寄回或傳真本公司,收到您的寶貴意見後,我們會收藏記錄及檢討,謝謝!
如您需要了解本公司最新出版書目、購書優惠或企劃活動,歡迎您上網查詢或下載相關資料:http:// www.showwe.com.tw

您購買的書名:＿＿＿＿＿＿＿＿＿＿＿＿＿＿＿＿＿＿＿＿＿＿＿

出生日期:＿＿＿＿＿年＿＿＿＿＿月＿＿＿＿＿日

學歷:□高中 (含) 以下　　□大專　　□研究所 (含) 以上

職業:□製造業　□金融業　□資訊業　□軍警　□傳播業　□自由業
　　　□服務業　□公務員　□教職　　□學生　□家管　　□其它＿＿＿

購書地點:□網路書店　□實體書店　□書展　□郵購　□贈閱　□其他

您從何得知本書的消息?

　□網路書店　□實體書店　□網路搜尋　□電子報　□書訊　□雜誌
　□傳播媒體　□親友推薦　□網站推薦　□部落格　□其他＿＿＿＿＿＿

您對本書的評價:(請填代號　1.非常滿意　2.滿意　3.尚可　4.再改進)

　封面設計＿＿　版面編排＿＿　內容＿＿　文／譯筆＿＿　價格＿＿

讀完書後您覺得:

　□很有收穫　□有收穫　□收穫不多　□沒收穫

對我們的建議:＿＿＿＿＿＿＿＿＿＿＿＿＿＿＿＿＿＿＿＿＿＿＿＿

＿＿＿＿＿＿＿＿＿＿＿＿＿＿＿＿＿＿＿＿＿＿＿＿＿＿＿＿＿＿＿＿

＿＿＿＿＿＿＿＿＿＿＿＿＿＿＿＿＿＿＿＿＿＿＿＿＿＿＿＿＿＿＿＿

＿＿＿＿＿＿＿＿＿＿＿＿＿＿＿＿＿＿＿＿＿＿＿＿＿＿＿＿＿＿＿＿

11466
台北市內湖區瑞光路 76 巷 65 號 1 樓

秀威資訊科技股份有限公司　　　收

BOD 數位出版事業部

....

（請沿線對折寄回，謝謝！）

姓　　名：＿＿＿＿＿＿＿＿＿　年齡：＿＿＿＿　性別：□女　□男

郵遞區號：□□□□□

地　　址：＿＿＿＿＿＿＿＿＿＿＿＿＿＿＿＿＿＿＿＿＿＿＿＿

聯絡電話：(日)＿＿＿＿＿＿＿＿＿　(夜)＿＿＿＿＿＿＿＿＿＿

E-mail：＿＿＿＿＿＿＿＿＿＿＿＿＿＿＿＿＿＿＿＿＿＿＿＿